v h m

A desumanização

Valter Hugo Mãe

BIBLIOTECA AZUL

Copyright © 2013, Valter Hugo Mãe e Porto Editora
Copyright © 2017, by Editora Globo s.a.

Todos os direitos resevados. Nenhuma parte desta edição
pode ser utilizada ou reproduzida – em qualquer meio ou
forma, seja mecânico ou eletrônico, fotocópia, gravação
etc. – nem apropriada ou estocada em sistema de banco de
dados, sem a expressa autorização da editora.

Por decisão do autor, esta edição mantém a grafia
do texto original e segue o Acordo Ortográfico de Língua
Portuguesa (Decreto Legislativo nº 54, de 1995).
Este livro não pode ser vendido em Portugal.

EDITOR RESPONSÁVEL Juliana de Araujo Rodrigues
EDITOR ASSISTENTE Thiago Barbalho
PROJETO GRÁFICO E CAPA Bloco Gráfico
ILUSTRAÇÕES Fernando Lemos

CIP-BRASIL. CATALOGAÇÃO NA PUBLICAÇÃO
SINDICATO NACIONAL DOS EDITORES DE LIVROS, RJ

M16d
Mãe, Valter Hugo [1971-]
A desumanização: Valter Hugo Mãe
2ª ed.
São Paulo: Biblioteca Azul, 2017
192 p., 7 ils.; 22 cm

ISBN 9788525063274
1. Romance português. I. Lemos, Fernando II. Título.
17-39049   CDD: 869.93

CDU: 821.134.3(81)-3

1ª edição, 2014 [Cosac Naify]
2ª edição, Editora Globo, 2017
5ª reimpressão, 2024

Direitos exclusivos de edição em língua
portuguesa, para o Brasil adquiridos por
Editora Globo s.a.
Rua Marquês de Pombal, 25
Rio de Janeiro – RJ – 20230-240
www.globolivros.com.br

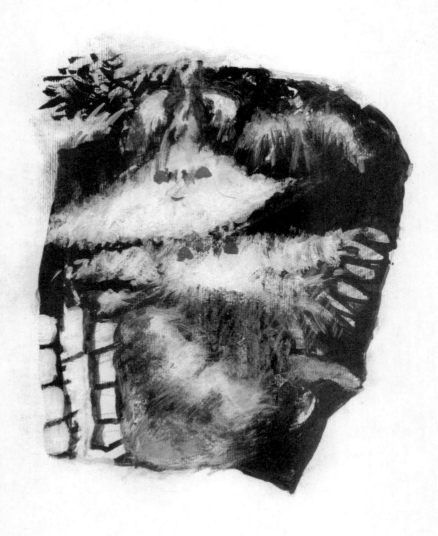

09
prefácio

16
primeira parte

114
segunda parte

prefácio

Gritar a sotto voce

Lascia ch'io pianga, mia cruda sorte,
e che sospiri la libertà.
Rinaldo, de Haendel

Empreitada árdua prefaciar Valter Hugo Mãe. Quando assumi o compromisso em um jantar com ele, em Poços de Caldas, fiquei feliz de estar na mesma capa que o autor que eu admirava há anos. Lembrei-lhe da emoção na Festa Literária de Paraty (Flip) quando, com olhos marejados, ouvi o depoimento dele sobre o Brasil. Sabem meus íntimos que produzo lágrimas com a mesma frequência das nuvens sobre o Saara. Valter Hugo Mãe havia conseguido me tocar de forma intensa. Naquela noite, diante do mar de Paraty, li *a máquina de fazer espanhóis* e entendi um pouco mais daquela alma dividida entre a beleza da flor e a singularidade da charneca.

Ouvira falar de Valter Hugo Mãe pelos jornais. Sabia que decidira ver o mundo sem gritar, em minúsculas, com fluxos de consciência que oscilavam de Mário de Sá Carneiro a José Saramago. Criava frases escandidas, mas sem parecer um ourives. Um dos traços do bom escritor profissional brilhava aqui: o andaime estava invisível, só a obra brilhava. Havia naturalidade no texto, a elegância simples que os renascentistas batizaram de *sprezzatura*. Elaborava ideias e rearranjava formas sintáticas. Cada frase parecia adequada e singela, porém ímpar e surpreendente. Era, de fato, um autor e não apenas alguém que escreve. Tinha o que dizer e sabia como dizer de forma original. O estilema de Valter era tão forte como discretas eram as letras pequenas, sem sinais exclamativos, arrebatando luz sobre um oceano abissal de significados. Tudo era, minusculamente, gigantesco.

Olavo Bilac disse que o português poderia expressar "o trom e o silvo da procela". Também, claro, era uma língua materna, uma língua de alma. O feminino estava ali no texto imbricado com a tempestade e o ímpeto. A pena de Valter Hugo era uma mãe sobre a tempestade, com a malícia poética de um sussurro disfarçando vagalhões.

Como no Eclesiastes, tudo tem seu tempo e sua hora. Do encantamento com uma fala em Paraty eu o reencontrava em Minas Gerais. No jantar, o vinho era modesto, a conversa fluida e o horizonte feliz. Eu estava intimidado. Estava jantando com Valter Hugo Mãe. Já imaginou ler a *Paixão segundo GH* e depois ter um *happy-hour* com Clarice Lispector? Terminar *O alienista* e passear com Machado pelo Cosme Velho? Velejar pelo Tejo com Fernando Pessoa? Assim eu me sentia naquela noite em Poços de Caldas. Já tinha compartilhado mesa com grandes personagens. A modéstia linear e transparente de Valter desarmava o interlocutor. Enfrento bem as grandes vaidades por dialogarem com a minha. Não estava preparado para a singularidade genial e plana de um autor simples.

Valter viu a luz da vida em Angola, foi criado em Portugal e se tornou amante do Brasil. Ao escrever sobre a Islândia, trouxe a vastidão do oceano como o elemento unificador de tantas experiências e narrativas. Imensa massa líquida e salgada insularizando todos e aspergindo uma solidão que se opõe à de Mersault de *O estrangeiro*. Não somos o inferno dos outros. A negativa da ideia de Sartre está no texto da *A desumanização*. Apenas somos. Ser inferno dos outros já seria uma comunicação. Os temas aqui são mais delicados do que na costa da Argélia. Como é da sua índole, o autor não faz um texto-panfleto contra ou a favor de alguma coisa. Apenas mana vida e reflexão do seu olhar privilegiado e alternando a clareza de uma cabeça desnuda com a sabedoria patriarcal de uma barba talmúdica.

A desumanização nasce de um vazio fraternal. O espelho de irmãos se foi, seja do Casimiro real, irmão de Valter, seja de Sigridur, irmã da personagem Halla. Rompeu-se a hélice da vida. A consciência se torna uma meia copa de árvore, uma ramagem dividida que evidencia a ausência. Na narrativa já não sabemos se os mortos ou os vivos guiam a trama. Como nas festas mexicanas, os falecidos convivem, dialogam, existem sem assombrar.

Como em alguns romances clássicos, o texto não é tomado por *turning-points*, ainda que surjam ações inesperadas. Predomina uma beleza pungente e melancólica de linguagem e a ponderação de uma irmã sobrevivente, capaz de tecer narrativa a partir do luto sobre o gêmeo–outro–mesmo. Todos que morrem levam consigo parte dos vivos. Enterramos muito em cada cova aberta. Morremos um pouco a cada pompa fúnebre. Essa verdade fica ainda mais forte na obra. A natureza e a morte estão imbricadas desde o início: "Foram dizer-me que a plantavam".

O mundo interior de Halla, a metade viva-morta com Sigridur, a parte morta-viva, ocorre no cenário gelado que o pai descreve: "A Islândia é temperamental, imatura como as crianças, mimada. Tem uma idade geológica pueril. É, no cômputo do mundo, infante. Por viver a infância, decide com muito erro, agressiva e exuberantemente." A infante vulcânica faz parte da narrativa com o mar, os peixes e a desolação de *A terra devastada*, de T. S. Eliot. Todos, no romance, parecem náufragos de si mesmos, erigindo marcos de descobrimento em lugares ermos, como fazia o pioneiro Diogo Cão do poema de Pessoa. O dever lusitano da expansão cede então a um dever de existir entre a análise e a melancolia. Padrões plantados em costa de África mostrando a fronteira da Cristandade e da narrativa europeia. Passeios na praia de uma ilha–paraíso–prisão não na metáfora óbvia de paisagem lunar, mas na natureza pós-humana.

Há o mundo interno, o mundo dos vivos, o mundo dos mortos e o mundo da natureza na obra. Sobrepostos em camadas diáfanas, eles se tornam únicos, originais e delicadamente avassaladores. Poderíamos aqui colocar o quimono farfalhante da senhora Fuyu ou a maneira densa de ver o mundo sem olhos da menina Matsu, mas estaríamos em outro texto: *Homens imprudentemente poéticos*.

As personagens gritam a *sotto voce*. É um sussurro que explode por vezes, nas agressões da mãe a si mesma, no afeto hierático e distante do pai, na percepção física de mar e terra que irrompe com a energia da aurora dos tempos. Ser, no setentrião, é existir em meio a auroras boreais e sentir entre lavas ou mares gelados. O pensamento vai e volta como a baleia que roça no barco em uma passagem da obra. Há um ritmo cetáceo a observar o ir e vir das profundezas e do oxigênio. De repente, as pessoas se comunicam, e, ato contínuo, voltam ao silêncio solene.

A beleza existe e está entre nós e no diálogo com o outro. Na filosófica definição do pai:

> [...] só existe a beleza que se diz. Só existe a beleza se existir interlocutor. A beleza da lagoa é sempre alguém. Porque a beleza da lagoa só acontece porque a posso partilhar. Se não houver ninguém, nem a necessidade de encontrar a beleza existe nem a lagoa será bela. A beleza é sempre alguém, no sentido em que ela se concretiza apenas pela expectativa da reunião com o outro.

Neste jogo em que preciso de todos para que minha percepção aflore e, ao mesmo tempo, o outro é um obstáculo expressivo a minha liberdade existencial, oscilam os vultos reais de *A desumanização*. São personagens-baleia, que afundam e emergem, jogam com os espelhos da aparência e se movem em paralelo com a existência dos outros.

Há um mundo epifânico de significados e que apresentam um lugar distinto para a religião. Na ilha ela se torna

> [...] uma forma de teimosia. As preces faziam-nos perseverar. E acreditar que deus se ocuparia também dos nossos destinos era uma casmurrice, talvez. Uma pretensão toda a dar-se importância. Tão pouca gente podia ser uma coisa grande no tamanho da alma. Mas eu não conseguia acreditar nisso. Achava-nos tristes. Ridículos. Deus certamente bocejaria se assistisse ao espetáculo pequenino das nossas vidas. Estaria indubitavelmente olhando para outro lado, para outro lugar.

Está aqui o intimismo português com o sagrado eivado de teologia mística sofisticada.

O mundo islandês adeja. Tudo é discreto, reservado, intenso e explosivo. Como em um cio da terra, a comunicação deve primeiro desenvolver-se nos úteros da consciência. Só depois, e de forma surpreendente, abre botões de fala. Como vivemos em tempos que tudo sai da boca e a alma mingua, nada mais curioso do que visitar uma ilha em que tudo se esparge a partir da alma profunda e, de quando em vez, emerge entre fiordes. Esse é o mundo de *A desumanização* e o mundo do autor. Como o texto adverte, os livros são ladrões. "Roubavam-nos do que nos acontecia." Advirto: você não sairá ileso da leitura. Profetizo: um dia a academia de Estocolmo descobrirá o que você está começando a ler. O Nobel precisa de Valter Hugo Mãe.

Leandro Karnal

para o meu irmão   para o Hilmar Örn
Casimiro   Hilmarsson

"Um homem não é independente a menos
que tenha a coragem de estar sozinho."

Halldór Laxness, *Gente independente*

primeira parte

Foram dizer-me que a plantavam. Havia de nascer outra vez, igual a uma semente atirada àquele bocado muito guardado de terra. A morte das crianças é assim, disse a minha mãe. O meu pai, revoltado, achava que teria sido melhor haverem-na deitado à boca de deus. Quando começou a chover, as nossas pessoas arredadas para cada lado, ainda vi como ficou ali sozinho. Pensei que ele escavaria tudo de novo com as próprias mãos e andaria montanha acima até ao fosso medonho, carregando o corpo desligado da minha irmã.

Éramos gémeas. Crianças espelho. Tudo em meu redor se dividiu por metade com a morte.

Ao deitar-me, naquela noite, lentamente senti o formigueiro da terra na pele e o molhado alagando tudo. Comecei a ouvir o ruído em surdina dos passos das ovelhas. Assim o expliquei, assustada. Disseram-me que talvez a criança morta tivesse prosseguido no meu corpo. Prosseguia viva por qualquer forma. E eu acreditei candidamente que, de verdade, a plantaram para que germinasse de novo. Poderia ser que brotasse dali uma rara árvore para o nosso canto abandonado nos fiordes. Poderia ser que desse flor. Que desse fruto. A minha mãe, combalida e sempre enferma, tocou-me na mão e disse: tens duas almas para salvar ao céu. Assustei-me tanto quanto lhe tive ternura. A minha mãe não me perdoaria qualquer falha.

Achei que a minha irmã podia brotar numa árvore de músculos, com ramos de ossos a deitar flores de unhas. Milhares de unhas que talvez seguissem o pouco sol. Talvez crescessem como garras afiadas. Achei que a morte seria igual à imaginação, entre o encantado e o terrível, cheia de brilhos e susto, feita de ser ao acaso. Pensei que a morte era feita ao acaso.

Deitava-me na cama, imaginava a terra no corpo, a água, os passos das ovelhas, nenhuma luz. Muito frio.

Estava muito frio. Não me podia mexer. Os mortos não se encolhiam, não se aconchegavam melhor, ficavam tal como os tivessem deixado. E eu sabia que devia ter acautelado isso. Devia ter visto se levava um agasalho, se estava puxado até ao pescoço, se lhe puseram almofadas ou haveria aquilo de ser apenas um tecido nas tábuas duras. Depois, ganhava certeza de que a minha irmã fora deitada à terra como um resto qualquer.

As pessoas já chamavam àquele bocado de chão a criança plantada. Diziam assim. A criança plantada. Também parecia uma chacota porque o tempo passava e não germinava nada, não germinava ninguém. Era um plantio ridículo. Uma coisa para consolar a cabeça aflita da família. Não servia para tarefa alguma. E perguntavam-me: é verdade que os gémeos ficam de duas almas. Como se eu estivesse a sentir-me gorda ou pesada, como se tivesse mudança no corpo ou na luz dos olhos que evidenciasse a obrigação de fazer a minha irmã viver. Estás de fantasma dentro, afirmava o Einar.

Eu era sempre magra. Apenas um esboço de gente. Quase não existia. Não me via gorda de aquisição nenhuma e mal encontrava lugar para a alma que até então me competira.

A minha irmã gostava de doces e eu odiava. Talvez as pessoas se esforçassem por me convencer a comer doces para consolar a alma dela. Talvez pudesse passar a gostar de snudurs, se a Sigridur estivesse verdadeiramente posta dentro de mim. Quando experimentei, igualmente odiei, e a ausência da minha irmã apenas aumentava. Eu dizia que o açúcar me vinha como sangue à língua.

Só por antecipação eu poderia sentir a terra e a água. Durante um tempo, percebi, a caixa em que a trancaram ia protegê-la, limpa, antes que se misturasse tudo, podre, a desaparecer. Ainda assim, deitava-me com a morte.

Chegava a colocar as mãos ao peito como fizeram com a Sigridur, muito hirta, quieta, e imaginava coisas ao invés de adormecer. Imaginar era como morrer.

Ao fim de umas noites, senti um bicho a picar-me. Um bicho dentado que claramente devorava um lugar no meu corpo. Apavorada, levantei-me. Estava o lume brando, a casa esfriando. Não lhe mexi. Olhei apenas como quem esperava nascer o sol de uma chama qualquer. Podia ser que se fizesse o dia a partir de uma fogueira pequena que fosse mais amiga do sol ou soubesse subitamente voar.

Pensei que queria ver uma pequena fogueira a voar.

Quando o meu pai se levantou, foi o que lhe confessei. Eu sabia que os bichos haveriam de devorar o corpo da Sigridur. Se ela tivesse de ser uma semente, se esperasse germinar, não o conseguiria enquanto os bichos lhe devorassem os aumentos. Ou poderia acontecer-lhe igual àquelas árvores pequenas do Japão. Árvores que queriam crescer mas que alguém mutilava para ficarem raquíticas, apenas graciosas, humilhadas na sua grandeza perdida. O meu pai, que era um nervoso sonhador, abraçou-me brevemente e sorriu. Um sorriso silencioso, o modo de revelar ser tão imprestável quanto eu para o exagero da morte. Comecei a sentir-me violentamente só.

Os bichos, apressados e cheios de estratégias, mastigavam a Sigridur para que se mantivesse uma semente fechada, impedindo que crescesse até ver-se acima da terra, a chegar aos nossos olhos, fazendo algum sopro no vento, espiando ela própria o mar. Devoravam-na para que a pele se mantivesse infértil, apenas secando de podre como o tubarão no barracão grande.

A criança plantada não podia voltar, pensava eu em terror. A terra estava infestada de seres matadores, invejosos, gulosos da felicidade dos outros. Comem-lhe a felicidade.

Pensei que a minha irmã apenas morria mais e mais a cada instante. Era uma criança bonsai. Explicou-me o meu pai. Aquelas árvores, disse eu. Bonsais, respondeu ele. Fazem jardins raquíticos. Como se os japoneses preferissem que as coisas do mundo fossem diminutas. Coisas anãs. Ou, então, era para terem os homens a propriedade dos pássaros. Concordei. Haveriam de circular entre as árvores pequenas com a impressão dos pássaros a voar.

Gostava que pudesse aparar o meu corpo também. Ficar eternamente criança por vontade, nem que desse muito trabalho. Ser sempre assim, igual ao que fora a minha irmã. O único modo de continuarmos gémeas. Sabes, pai, se eu crescer e não crescer a Sigridur vamos ficar desconhecidas. Faz de mim um bonsai. Peço-te. Corta o meu corpo, impede-o de mudar. Bate-lhe, assusta-o, obriga-o a não ser uma coisa senão a imagem cristalizada da minha irmã. Vou passar a andar encolhida, dormir apertada, comer menos. Vou sonhar tudo o mesmo ou sonhar menos. Querer o mesmo a vida inteira ou querer menos. Querer o que queria ela. Se os bichos na terra não a deixam ser maior, se é verdade que a levam por inteiro, que fique ao menos eu, pelas duas, a ser igual, para não morrermos. No mínimo, devíamos ter enterrado muitas flores com ela. Que florissem. Porque não pode ver senão bichos e terra suja. Não colhemos flores, fomos muito egoístas. Havia tantas na charneca. Algumas cheiravam bem.

Nos meus sonhos imaginava jardins de crianças. As árvores baixas dos corpos, falando, brincando com os braços e os pássaros pousando entre as folhas. Os braços deitavam folhas e seguravam ninhos nas mãos e as crianças eram sempre pequenas, animadas de ingenuidade, gratas pela vida sem saberem outra coisa que não a vida. E sonhava que as pessoas japonesas vinham ao jardim contemplar, e deitavam água de regadores coloridos que lavavam os pés-raízes das crianças bonsai. E só de noite, quando bem escuro, alguém vinha com as facas para laminar as partes dos corpos que se alongavam. Laminavam cuidadosamente, todas as noites, para que não deformassem as crianças, para que avelhassem sem se notar. Incapazes de mostrar a idade. Apenas livres para usarem a idade na manutenção eufórica da infância. Sofreriam os cortes caladas. Conscientes da maravilha que aquela dor lhes trazia.

A ver a imensidão dos fiordes, as montanhas de pedra cortadas por rigor, o movimento nenhum, achei que o mundo mostrava a beleza mas só sabia produzir o horror. As nossas pessoas sobravam ali em duas dezenas de casas habitadas, contando com a igreja e o minúsculo quarto de dormir do insuportável Einar. Não havia mais miúdos. Era tudo velho. A gente, os sonhos, os medos e as montanhas.

Podia ser que eu estivesse ainda mais magra por ter ficado vazia dos poucos gramas que pesava a alma. A minha mãe chamava-me estúpida. Perguntei-lhe que sentido encontrava na vida. O que andaríamos ali a tentar descobrir. Mas ela nunca o saberia. Surpreendeu-se com a profundidade da questão. Foi um modo instintivo que tive de a magoar, para que não me ofendesse com a sua contínua e impensada rejeição. Magoávamo-nos, acreditava eu, sempre por causa da ternura. Como que a reclamá-la enquanto a perdíamos de vez.

Mais tarde, ouvia-a alertar o meu pai. Em alguns casos de morte entre gémeos o sobrevivo vai morrendo num certo suicídio. Desiste de cada gesto. Quer morrer. Dizia ela.

Quando percebi que estávamos sozinhos, descansei o meu pai. Não queria morrer. Estava entre matar e morrer, mas não queria uma coisa nem outra. Queria ficar quieta.

Repeti: a morte é um exagero. Leva demasiado. Deixa muito pouco.

Começaram a dizer as irmãs mortas. A mais morta e a menos morta. Obrigada a andar cheia de almas, eu era um fantasma. O Einar tinha razão. As nossas pessoas olhavam-me sem saber se viraria santa ou demónio. Os santos aparecem, os demónios assombram.

A minha mãe passara uma lâmina pelo peito. Desenhara um círculo torto com o mamilo ao centro, como a querer retirar um ovo da pele. Parecia uma runa a fazer de coração. Lia-se apenas uma tristeza desesperada e prenunciava coisas más. O meu pai ensinava que já não adorávamos os deuses antigos porque ignorávamos o que nos ofereceram e fechávamos os olhos às provas da sua existência. Dizia que a minha mãe era ignorante e que o seu ritual não prestava. O desespero era o contrário de tudo quanto devíamos saber. No dia seguinte estava espalhado por toda a charneca o corpo de uma ovelha.

Pela fúria, a minha mãe despedaçava os animais para expiação louca da dor. Adiantava pouco. Confundida com modos cristãos, cantava o hino fúnebre do Hallgrímur Pétursson e ensanguentava tudo. Bebia. Ficava tonta e a baralhar versos e recados. Chamava por mim, já estendida na cama, sem poder levantar-se e cuidar das ideias que tinha.

Ficara a ovelha espalhada como se tivesse vindo por chuva do céu. No inferno, choviam corpos despedaçados e as nuvens eram poços de sangue a vagar, como panelas a ferver de onde os mortos se entornavam. A minha mãe dizia que era preciso pedir perdão. Eu fugia-lhe. Punha-me a trabalhos sem lhe chegar demasiado perto.

Enxotei os carneiros, as ovelhas, para arriba, dentro do curral. Fui de pontapés fazendo rebolar as carnes charneca abaixo, até à água. A chuva limpava as minudências, desfazia o sangue. O mar haveria de arrastar o resto para longe, até à boca das baleias. Guardei a pele. Atirei a cabeça do animal a um fundilho distante. Fui limpar a penugem recolhida. Fazer contas ao inverno.

A minha mãe perguntou pela penugem. Recolhera-a dos ninhos deixados pelos patos. Serviria para roupas de cama. Estava cansada. Estou cansada, mãe. Enquanto o luto fosse intenso a compaixão não se sentia. Ordenava-me a uma resignação calada. Levantava-me a mão.

Naquela noite, o meu pai saíra no barco. Fomos à largada para lhe dizer adeus. Nunca o fazíamos. Estávamos ridículas. Ele não partia, apenas trabalhava. Depois, ela sentou-me num banco pequeno. Tinha a faca afiada na mão. Julguei que me mataria tão distribuída quanto uma ovelha. Contava que o meu sonho de esculpir as crianças como sementes estava muito certo. Queria retirar um ovo da minha pele também. Queria que, como no peito dela, se visse o meu coração. Não fez mais nada. Deixou-me dormir no susto. Esmagada por tanta tristeza e tanto medo.

O inferno não são os outros, pequena Halla. Eles são o paraíso, porque um homem sozinho é apenas um animal. A humanidade começa nos que te rodeiam, e não exatamente em ti. Ser-se pessoa implica a tua mãe, as nossas pessoas, um desconhecido ou a sua expectativa. Sem ninguém no presente nem no futuro, o indivíduo pensa tão sem razão quanto pensam os peixes. Dura pelo engenho que tiver e perece como um atributo indiferenciado do planeta. Perece como uma coisa qualquer.

Pintávamos os móveis de flores escuras. Demorávamos muito e a casa cheirava a tintas más, baratas, que demoravam a secar. O meu pai impedia-me de chorar pelo ofício da racionalidade.

Aprender a solidão não é senão capacitarmo-nos do que representamos entre todos. Talvez não representemos nada, o que me parece impossível. Qualquer rasto que deixemos no eremitério é uma conversa com os homens que, cinco minutos ou cinco mil anos depois, nos descubram a presença. Dificilmente se concebe um homem não motivado para deixar rasto e, desse modo, conversar. E se houver um eremita assim, casmurro, seguro que terá pelo chão e pelo céu uma ideia de companhia, espiritualizando cada elemento como quem procura portas para chegar à conversa com deus. Estamos sempre à conversa com deus. A solidão não existe. É uma ficção das nossas cabeças.

Os homens sós percebem que há alguém na água, na pedra, no vento, no fogo. Há alguém na terra.

De qualquer maneira, expliquei ao meu pai, a mãe odeia-me. Isso faz-me chorar, deixa-me triste e ofende-me.

Ele insistia explicando-me que as crianças eram modos de espera. Queria dizer que as crianças não tinham verdades, apenas pistas. O seu mundo fazia-se de aparências e tendências. Nada se definia. Ser-se criança era esperar. Também significava que queria de mim admirável força sem outro sustento que não o da idade. Deixava-me à sorte, cheia de palavras estranhas cujo significado me custava encontrar.

Olhei para os móveis velhos e achei que já eram tristes antes de os escurecermos. Eram os móveis do nosso eremitério.

Que maravilha, as fundas dos vulcões que respiram e aguardam. Que maravilha, a espessura das montanhas que deitam pé ao debaixo das águas e aguardam. Diziam os velhos carregados de ideias inúteis. Os profundos velhos. Gastos da coragem, aumentados da desconfiança. Eu a passar e eles sempre com exclamações. Palavrinhas acerca de como devia ser cada gesto, cada sentimento, cada sonho de futuro. Como se o futuro estivesse preparado para ser igual ao passado, aos dias que gastaram. Como se eu ainda fosse a tempo de lhes ser igual. Uma velha metida para dentro a conspirar inconfessavelmente contra tudo e contra todos.

Quem tem filhos, precisa do futuro. Ouvi-os falar assim.

Punham-se à espreita das águas a perceber se havia movimentos suspeitos. Quase todos queriam ver monstros. Ninguém se convencia de que os mares eram só para animais de clara ciência. Alguns juravam ter visto cabeças levantadas, feitas de dez olhos e bocas de mil dentes. Monstros oceânicos. Viam o oceano como sangue de cristal. Balanceava diante de nós sinuoso, muito belo, mas carregava-se de perigos e sonhava com afogar-nos a todos. O oceano desceu das veias puras de deus. Dizia um velho. Nas veias puras de deus vivem parasitas que são monstros.

Foi nessa altura, com onze anos de idade, que me vieram as flores de sangue. A dormir, enquanto delirava com a boca de deus, que era de vento, voadora, infinita, limpa, como se aberta fosse o dia e fechada fosse a noite. Como se dormíssemos dentro dela.

Chamávamos-lhe a boca de deus porque não a conhecíamos. E deus era o desconhecido. Cada coisa que se nos revelasse tornava-se humana. Apenas o que nos transcendia poderia ser deus. Aquela fundura nas rochas, toda infinita e terminante, transcendia-nos. O meu pai recomendava: beija o Hekla, porque não o entendes mas ele sabe o que faz. Beija o Myvatn, porque não o entendes mas ele sabe o que faz. Beija o Vatnajökull, porque não o entendes mas ele sabe o que faz. Beija sempre a boca de deus. Não esperes que sejam amáveis contigo. A bondade pode não ser uma característica de deus. Pode ser apenas ignorância nossa. Chamávamos-lhe a boca de deus porque era um poço infinito que nos servia de sentença para cada coisa. O que para ali atirássemos ficava tão só na imaginação, essa morte de que éramos sempre admiravelmente capazes.

Acordei e pensei que não fazia sentido nenhum que a morte doesse.

Sente-se como uma dor de estômago mais a fundo. Como se o estômago estivesse a descer e a querer sair pernas abaixo. O meu pai perguntou: a morte. E eu respondi: não. As flores das mulheres. O sangue apodrece e cheira mais forte. Corre dentro como um bocado de fogo raivoso, porque me arde. Expliquei assim. Mas o meu pai não conversou mais nada. Teve vergonha. A minha mãe disse que era um pequeno vulcão. São as flores das mulheres. São de sangue. São de lume. Magoam. Todos me falavam de passar a ser mulher e sobre o que isso significava de perigo e condenação. Ser mulher, explicavam, era como ter o trabalho todo do que respeita à humanidade. Que os homens eram para tarefas avulsas, umas participações quase nenhumas. Serviam para quase nada. Como se fossem traves de madeira que se usavam momentaneamente para segurar um teto que ameaçasse cair. Se não valessem pela força, nunca valeriam por motivo algum, porque de coração estavam sempre malfeitos. Eram gulosos, pouco definidos, mudavam com facilidade os desejos, não conheciam a lealdade passional, concebiam apenas engenharias e mediam até os amores pelo lado prático da beleza, gostavam sempre de quem lhes parecesse dar mais jeito, como se procurassem empregadas ao invés de esposas, como se precisassem de precaver os seus próprios defeitos mais do que as virtudes livres das mulheres.

Avaliei o meu pai e achei que o queria ter por marido.

Se um rapaz entrasse dentro de mim, deixava-me filhos. Sairiam filhos de mim. Como de um saco onde estivessem guardados. Pasmava à espreita das minhas pernas nuas. O cimo das pernas aberto como se estivesse estragado. Podre. Tinha apodrecido igual à minha irmã morta. Pingava e magoava. Cheirava mal. O sangue estava esquisito. Eu disse: a menstruação é o sangue que entristece.

Julgava que havia portas e escadas para dentro do meu corpo, por onde os rapazes entrariam. E uma sala onde estariam deitados, os filhos, em camas limpas para que os rapazes pudessem entrar e escolher como seus. Pensei que a ideia de os rapazes entrarem nas raparigas era invasora, estranha, muito animal. Imaginar o corpo como uma casa arrumada tornava mais fácil o controlo do medo, para perspetivar a educação espiritual da matéria. O cuidado. Para que não doesse. Sabia, desde aquele instante, que não poderia ser assim. O corpo das raparigas não tinha tamanho para ser confortável. Os rapazes eram sempre maiores e embrutecidos, para caberem numa rapariga teriam de entrar em partes, com dor, semelhante à morte que usava desfazer tudo. Imaginava que, se o corpo das mulheres fosse igual a uma casa, talvez houvesse uma janela por onde os filhos espreitassem à espera. Se levantasse as camisolas, expondo a pele à luz, talvez houvesse maneira de verem os fiordes.

Em sonhos, por vezes, empurrava-me das encostas. Eu estava no alto das montanhas, as descidas escarpadas e verticais. Voava porque era muito leve, não tinha peso nenhum e levava duas almas. As almas seriam feitas de ar. Uma criança de duas almas, magra assim, voaria como um balão com facilidade. Ainda subiria, ao invés de cair montanha abaixo. Subiria e espiaria os fiordes inteiros e a sua intermitência. As ovelhas, vistas daquele modo, eram como aquelas sementes dentes de leão, pequenas flores de lã que se moviam como a procurar um melhor lugar para plantar o pé. E eu pensava: as crianças não se plantam. Não germinam.

A minha mãe bateu-me. Sentiu-se revoltada por me mostrar tão egoísta. Lembrou-me que eu só voara por ter a minha e a alma da Sigridur dentro do balão estreitinho do corpo. De outro modo, bateria com a cabeça nas rochas, a rebolar até ao mar, igual a uma coisa burra qualquer. Estúpida. A minha mãe, mais horrível e sempre mais horrível, cortou-se no interior de um braço para acalmar e guardou mal as facas. Deixava-as sobre a mesa e sobre a banca, como a precisar de as ver, talvez para correr a usá-las se lhe viesse um pânico qualquer.

Eu sabia bem que aceitar a morte da minha irmã era um egoísmo e contradizia muito a família. A vigília dos dias não permitia que a raiva acabasse. Até certo ponto, isso também me reconfortou. Não saberia aceitar a sua morte. Sentia muita revolta. Estava sempre à espera de um sinal. Igual às verdadeiras histórias de fantasmas, como fantasiava o Einar. Confiava muito que ela teria maneira de me falar. Éramos parte de um mesmo todo. Haveria de me falar com palavras bem concretas acerca da tristeza ou da felicidade que devíamos nutrir. As irmãs mortas eram quase iguais, de todo o modo.

Puxei o cabelo para trás das orelhas. Fiquei a ver a charneca por um tempo. Era preciso lavar alguidares e seguir a muitos recados. Se estava mais abandonada às contemplações era porque o meu pai havia dado ordens para que, por uns tempos, me aliviassem os afazeres. Mas a cuidar dos alguidares eu vi o corpo da minha irmã a ser amortalhado. A cuidar do peixe eu vi o corpo da minha irmã a perder o fôlego. A cuidar da terra eu vi o corpo da minha irmã a germinar. A mão pequena, o dedo mindinho à minha procura. Uma tentativa de se levantar lentamente do lugar fundo onde a haviam posto. A olhar a charneca, quieta, o mar adiante, eu esperava uma salvação. A chegada dos heróis. O regresso absurdo da Sigridur.

Fazia sol, íamos deitar garrafas ao mar. Escrevíamos mensagens aos desconhecidos, pedindo sorte e prendas, pedindo visitas. Contávamos histórias tolas e confissões, ficávamos cheias de esperança que alguém nos atendesse. Escondidas, para não nos cobrarem as garrafas roubadas e a incúria de lançar coisas à água, oferecíamos os nossos segredos.

Pensávamos nos desconhecidos como heróis. Apenas os heróis a sério encontrariam os nossos papéis, e apenas os melhores chegariam ao escarpado recôndito dos fiordes. E era verdade que enchíamos as garrafas de flores, porque queríamos que fossem pequenos jardins de ir embora.

A Sigridur perguntava: e se as baleias os engolem, e se os tubarões os engolem. E se houver bacalhaus gigantes ou os polvos gostarem das garrafas para enfeitar as pernas como se fossem anéis. E os monstros. Eu respondia: enviamos mais. Cobrimos a água de garrafas, até parecer uma charneca em flor.

Víamo-las a boiar no mar calmo, a confundi-las com as fantasmagorias das algas, e queríamos que se afastassem da costa. Seria bom se pudéssemos soprar a fazer vento de feição. A criar ondas para diante, para que arrepiassem ao contrário, a caminho do alto mar. Descíamos do cabeço pelo lado íngreme, a tentar entender se as garrafas haviam ido ou se, por azar, voltavam.

Por vezes, já no vale, percebíamos o Einar empoleirado nos rochedos com a caçadeira apontada ao mar. O ascoroso Einar que nos destruía tudo. Achávamos sempre que estava a vigiar os nossos navios para os afundar de tiros. Ele, quando nos percebia, corria para dizer que éramos as suas namoradas e para nos puxar os cabelos. Razão pela qual nunca usávamos tranças. Fazíamo-las apenas em festas, quando não saíamos de casa. E pensávamos sempre no Einar. Que era um ogre malcriado com quem nunca teríamos amizade, para o castigar de tudo quanto nos fazia e dizia. Por ser arrogante e feio, de boca desdentada e escura. Ainda que tivesse os olhos de azul aceso, o Einar era quase unicamente feio.

De susto e indignadas, corríamos a protestar, a pedir ajuda às nossas pessoas. Quando havia alguém pelo caminho, o Einar detinha-se. Ouvia uma reprimenda e voltava para a igreja, onde o Steindór tentava domesticá-lo havia anos. Não era novo, era talvez tão velho quanto o Steindór, talvez tão velho quanto o meu pai. Eu não saberia. Mas crescia com vagar. O meu pai dizia que ele ia ser adulto aos duzentos anos. Até lá, era só um tolo destituído. Eu achava que o meu pai estava a explicar que, até lá, o Einar era uma criança, como nós. Como se fôssemos tolas.

Punha a mão nos nossos rabos. Dizia que eram bonitos. Era o que fazia de mais nojento. Abria os braços a ficar gigante, escancarava os olhos e abatia-se sobre nós. Achava que se tornava admirável naqueles modos. Não percebia nada de raparigas. Lêramos sobre a história de umas aves cujo macho, por ser tão equivocado, usava de tudo para atrair uma fêmea mas, mal dos olhos e da cabeça, podia passar um tempo interminável a galar a bosta de vaca no caminho. Não era nada lisonjeiro confundir as fêmeas com bosta de vaca. O Einar, de igual, dava-se a todas as confusões. Gabava-se, a boca muito podre como de urso velho, cheio de conversas, mas no essencial não parecia ter muito para dizer. Punha-se nervoso. O Steindór explicava que ele perdia a graça porque se envergonhava. Nós, ao contrário, achávamos aquilo uma falta de vergonha. Pensávamos que ele estaria bem com as bostas das ovelhas. Um dia vai apaixonar-se, dizíamos. Ia dormir com as bostas das ovelhas, a dar-lhes beijos e tudo, como os machos todos enganados daquelas aves.

Contei ao meu pai acerca das garrafas. Arrependi--me muito. A minha irmã ficou furiosa. Tinha pedido um namorado e, se o meu pai apanhasse a mensagem e lesse tal precipitação, haveria de a pôr de castigo para não andar a querer coisas más. De qualquer forma, na nossa cabeça gémea, estávamos convencidas de que os namorados serviam sobretudo para nos levarem de barco a passear. Para nos tirarem dali um bocado ou completamente.

As baleias pensavam que as nossas garrafas eram re-buçados. Se lhes der uma pontinha de sol, é o que pa-recem, Halla, e elas devem gostar de os trincar porque as flores são doces. A Sigridur achava que era por isso que nunca recebíamos qualquer resposta nem visita. As baleias devem vê-las coloridas, lavadinhas, a boiarem à superfície como à montra de uma loja. A Sigridur dizia que se algum dia tivéssemos uma resposta ou uma visita, haveria de ser de algum náufrago que vivesse remediado na boca grande de uma baleia. Ríamos muito. No interior das baleias não se poderia ler, estaria às escuras. Funcio-naria por instinto, sem instrução. A minha irmã achava que o interior das baleias devia ser tão grande que talvez fosse habitado por marinheiros que naufragaram e en-contraram esconderijo ali. Pendurariam umas gambiar-ras e encostar-se-iam num bocado de pele para dormi-rem. Um dia, um desses pescadores incríveis haveria de nos levar a solução para a espera.

Quando for grande, Halla, não quero ser cozinheira das baleias. Não vou ficar aqui encalhada a fazer doces para que elas se consolem. Quando for grande, quero ser de outra maneira. Quero ser longe. Eu respondia: nin-guém é longe. As pessoas são sempre perto de alguma coisa e perto delas mesmas. A minha irmã dizia: são. Algumas pessoas são longe. Quando for grande quero ser longe. E eu respondia: eu acho que quero ser professora.

Cuidadosamente desinfetávamos os joelhos a arder, porque caíamos sempre na corrida. Estávamos furiosamente habituadas a cair e a esfolar os joelhos e as mãos quando fugíamos do Einar. Comparávamos as feridas. Queríamos ter as feridas iguais. Quando tínhamos as feridas iguais até ficávamos felizes. Como se o Einar nos fizesse o mesmo mal. Como se representasse o mesmo desgosto para as duas.

Uma noite, a contar segredos, eu disse: acho que nos calha o Einar. Não há mais ninguém. A Sigridur chorou. Era só um. O tolo.

O mercúrio tingia-nos a pele e queríamos que fosse também o mesmo o tamanho da mancha. Como se pintássemos os joelhos com vaidade semelhante às mulheres que pintavam os lábios. Era fundamental que fôssemos cada vez mais gémeas. Que se notasse. Que tivéssemos um destino comum, uma felicidade comum, um respeito comum, que estivéssemos sempre juntas.

Namorar, expliquei, assusta-me. Porque vamos namorar sozinhas.

Queria dizer que namoraríamos separadas.

A Sigridur acreditava que o Einar, um dia, haveria de nos matar. Depois, haveria de nos abrir a barriga com uma faca afiada, depois, haveria de comer tudo quanto houvesse dentro de nós com uma colher grande.

Ia pôr-se a comer tudo o que tivéssemos dentro como faziam os monstros marinhos que subiam à charneca à cata das pessoas. Atiravam pescoços compridos sobre os campos e sugavam os conteúdos das pessoas e dos animais. Ficavam a sobrar as peles, alguns ossos e os fantasmas ainda baralhados, surpresos com o destino.

O Einar era como o interior das baleias. Apenas intuitivo, sem grande instrução. Nunca namores com ele, Halla. Tu nunca namores com o Einar. Não o queiras para nada. Acredita em mim. Tem aquela boca suja que deve infetar as bocas limpas que beijar.

Na verdade, não sabíamos nada sobre beijos.

Nas poucas vezes que o Steindór mandava recados aos meus pais, incumbia o tolo de carregar coisas pesadas. Nós seguíamos quietas e enfunadas com a obrigação de o acompanhar até nossa casa. O Steindór dizia-lhe: cuida delas. Não as deixes cair pelas ravinas. Lembra-te dos espinhaços. O Einar jurava que assim seria e queria dar--nos ordens como se estivesse autorizado para o fazer.

Quando nos matar, o Einar vai fazê-lo de surpresa, murmurava a Sigridur. Nem nos vamos dar conta. Depois veremos como foi, já a voar e a chorar lágrimas de fumo, que são as lágrimas que os fantasmas vertem. Veremos como estará feliz.

Quando se apercebeu de estar irremediavelmente doente, talvez muito perto de morrer, a Sigridur perguntou-me: achas que é isto que a Islândia quer de mim. Estaria mais correto perguntar se seria a vontade de deus, mas ela achava que deus era o corpo deitado da Islândia. Eu refutei. Disse-lhe: os fiordes são um morto de pedra. Um morto que só sabe falecer mais e mais ainda. E achas que durante a morte se sonha, quis ela saber. Eu respondi que sim. Durante a morte sonha-se.

Chamávamos-lhe deus ou Islândia sem ter como atribuir a cada nome um significado. As palavras eram inúteis para abordar algo que estava proibido à pequenez humana. Qualquer nome não passava de uma blasfémia, como qualquer ideia que quiséssemos guardar segura acerca da grandeza infinita de deus, da Islândia ou da morte. Somos imprudentes ao arriscar conversar acerca destas coisas, confessava eu. Descobrir o nome e o significado de deus não compete a ninguém. Repeti: descobrir o nome e o significado de deus não compete a ninguém. Deve dar-nos medo a necessidade de o entender. Deve dar-nos medo a necessidade de entender deus. Ele é o desconhecido, se por ventura se der a conhecer então é uma falsidade.

A minha irmã perguntou: e durante a morte vais pensar em mim, e vais ao cabeço espiar as baleias para que eu veja as baleias durante a morte. Tentas ver um tubarão. Nunca vimos um tubarão a viver. Queríamos tanto. Vais sentir a minha falta. Halla, tu achas que eu vou poder saber o que passa durante a tua vida e saber se sentes a minha falta.

A Sigridur nunca mo havia dito. Eu, tão gémea e espelho, tão esperta de tantas manias, nunca percebera como ela estava desenganada. Talvez encontrasse o sentido da vida na prova do meu afeto. No momento em que eu lhe garantia nunca esquecer. E sentia que isso seria suficiente para não se desperdiçar. Não fui desperdiçada pela Islândia, pois não. Eu dizia que não. Pensava em deus e dizia que não. Deus não desperdiçaria a minha irmã. Ainda assim, não acreditei que ela morresse. Esperei sempre que a carne do urso lhe desse forças. O melhor peixe da nossa casa. O carneiro. A lã mais grossa para as camisolas que tricotávamos juntas e que ela vestia orgulhosa. Nós, orgulhosas. Bem-vestidas. A gola bordada com os cumes nevados das montanhas. Estás tão bonita, Sigridur, não te vai acontecer nada. Vais ficar melhor e crescer bonita, arranjar um trabalho em Reiquiavique e depois vamos visitar a América. Ela perguntava: lembras-te da mamã a tocar piano. Tínhamos roupas de cama feitas com a melhor penugem dos patos. Apanháramos sacos infinitos. Corrêramos os ninhos de todo o imenso Arnarfjordur. Merecíamos o calor e a saúde. Íamos ficar bem.

Levava as mãos às minhas, como se fosse velha, e pedia-me: ajuda o pai, não deixes de comer, lê os livros das viagens, namora com um homem lavado, pede por mim à Islândia, pede a deus, diz-lhe que componha o órgão da igreja, faz carinhos aos patos, não lhes partas os ovos, celebra sempre a festa do nosso aniversário, ainda que estejas sozinha, sem ninguém, aprende as coisas da escola que não vou aprender, toma conta das respostas para as minhas mensagens, foge do Einar, já sabes, aprende o arrependimento, ri-te muito. Se alguma das minhas garrafas vier devolvida, atira outra vez. Ninguém precisa de saber que já não estou aqui. Se os mortos forem heróis, vou realizar os teus sonhos. Vou ficar a olhar por ti, mesmo que não me consigas ver. Eu acho que os mortos sabem as coisas todas da escola. Não achas. Não tenhas medo. Não é preciso termos tanto medo, só um bocadinho.

Estar morto deve ser inteligente. A morte deve ser pura inteligência. Não acredito que existam mortos burros. Deus não ia guardar paciência para ter com ele almas burras. O corpo é um traste. A alma deve ser incrível. Quando nos virmos ao espelho e só ali estiver a alma vamos pasmar de maravilha. Maravilhadas com o que somos ou sabemos ser. Viveremos apenas nas costas dos olhos. Entendes. Seremos apenas as costas dos olhos. O lado de dentro.

Sobes ao cabeço, perguntou.

Eu pensava que tinha medo dos mortos. Mas entendia que os mortos não teriam medo uns dos outros. A minha irmã, que ainda vivia, já falava dos mortos como se lhes tivesse perdido o medo. Como se esperasse fazer amigos entre eles, para se sentir normal. Ia sentir-se uma morta absolutamente normal.

Sentada no cabeço, subitamente, vi bem vista a barbatana assustadora de um tubarão gigante. Se fazia sentido ou não, importava pouco. Um tubarão tremendo passara ao largo das nossas montanhas, no mexido das nossas águas. Estava à espera dele havia muitos meses, para que a Sigridur realizasse o seu sonho. Perguntei: mana, estás a sonhar durante a morte. Estás a ver. Espero que sim, disse em voz alta, como se as pedras e as ervas rasteiras fizessem silêncio e se aquietassem à espera de me ouvir falar. Senti-me bem. Senti-me muito bem. Depois disse em gritos: um tubarão, é um tubarão. Todas as pedras e ervas rasteiras me ouviram.

Um tubarão que nadava adiante e nas costas dos olhos.

Lembrava-me bem da minha mãe a tocar. Por muito tempo, tocava no órgão velho da igreja, antes de se estragar e deixar de soar. O Steindór queria muito mandar consertar, mas ninguém o tirava do chão. Custava a crer que alguém o carregara para ali. Um dia, prometia ele, hão de aparecer homens suficientes para levantar este peso até ao barco. A partir do estrago, entrávamos na igreja e, por mais que se falasse e cantasse, sentíamo-nos sempre surdos.

Achávamos que fora o Einar a escavacar as teclas. Ouvia-se o som desordenado quando se passava pelas imediações da igreja. Um som sem lógica. O Steindór ainda lhe pedia alguma calma. Mas o Steindór era feito de açúcares, não amargava ninguém, não se amargava, vivia para uma gula feliz.

O meu pai também dizia que a Islândia era deus e era a beleza de deus. E achava que, um dia, deus ia ficar feio. Quando deus ficar feio, disse ele, as coisas mudarão de lugar. As de cima para baixo, as de baixo para cima e as do meio para dentro. Até, talvez, vir para fora aquilo que está agora escondido. As coisas boas e as más. E depois, perguntei eu. Depois há de ter outra beleza. Talvez apenas não a possamos entender. Não sei, Halla, isso não sei. Talvez não entendamos o que é belo neste preciso momento. Podemos estar absolutamente enganados acerca de tudo quanto gostamos.

O meu pai saberia ter ocupado o lugar liderante do Steindór. Eu entendia-o bem. Tinha muito orgulho nisso. Pensava em assuntos importantes e, com vagar, dava-lhes respostas profundas. Jurou que eu ainda encontraria muita felicidade. Respondi que esperava apenas coisas más e começava a guardar a vontade grande de fugir. Ele disse-me que havia pouco interesse em fugir. Achava que o mundo dos homens estava a acabar.

A minha mãe, por seu lado, perdera o modo de se apaziguar. Rejeitava cada coisa. Era rigorosa, não desculpava ninguém e não se desculpava. Estava em guerra. Não sabia nada, na verdade, punha as mãos às cegas no mundo. Como se estivesse viva num mundo morto.

Sobre a beleza o meu pai também explicava: só existe a beleza que se diz. Só existe a beleza se existir interlocutor. A beleza da lagoa é sempre alguém. Porque a beleza da lagoa só acontece porque a posso partilhar. Se não houver ninguém, nem a necessidade de encontrar a beleza existe nem a lagoa será bela. A beleza é sempre alguém, no sentido em que ela se concretiza apenas pela expectativa da reunião com o outro. Ele afirmava: o nome da lagoa é Halla, é Sigridur. Ainda que as palavras sejam débeis. As palavras são objetos magros incapazes de conter o mundo. Usamo-las por pura ilusão. Deixámo-nos iludir assim para não perecermos de imediato conscientes da impossibilidade de comunicar e, por isso, a impossibilidade da beleza. Todas as lagoas do mundo dependem de sermos ao menos dois. Para que um veja e o outro ouça. Sem um diálogo não há beleza e não há lagoa. A esperança na humanidade, talvez por ingénua convicção, está na crença de que o indivíduo a quem se pede que ouça o faça por confiança. É o que todos almejamos. Que acreditem em nós. Dizermos algo que se toma como verdadeiro porque o dizemos simplesmente.

Perguntei-lhe se dizermos o nome da Sigridur era manter-lhe a beleza, como manter-lhe a vida. Ele respondeu que sim. Era exatamente isso. Eu tive vontade de dizer o nome da minha irmã em voz alta. Era muito bela a minha irmã. Tinha o nome mais sonante e podíamos evocar dela o mais delicado azul dos olhos e a mais esperta maneira de ser criança. Estava, subitamente, viva. Ainda que as palavras fossem objetos magrinhos, mais magrinhos do que eu. Era como se a minha irmã nos assomasse à boca. Quase inteira. Abríamos a boca e ela estava lá. Estava em todo o lado. Uma mentira passageira. Uma mentira, meu pai. É uma mentira.

Os mortos talvez tivessem medo uns dos outros. Podia ser que se matassem mais e mais, ferrando-se e mutilando-se nos espíritos ainda ansiosos pelos corpos. Do mesmo modo como sobra no amputado a perceção cruel do membro que perde, talvez nos mortos lhes sobre para sempre a impressão dos corpos. E assim se agridam uns aos outros, furiosos por serem levados da vida, zangados e incapazes de administrar melhor o horror. Eu protestava. Podia ser que a Sigridur estivesse tão má que não guardasse tempo para nos ter piedade, para nos sentir a falta, para nos esperar senão com a intenção de nos matar mais e mais também. Os mortos podem ser só um instrumento da morte. Como se existissem para aumentar o reino terrível que habitam.

Por serem ingénuas, as ovelhas levavam os corações puros que apenas suportavam a alegria de comerem do chão sem surpresas. Imbuída de todas as razões, eu gritava-lhes odiosamente, a vê-las espernearem de terror, desmaiando, por vezes. Chegava perto, inclinava-me sobre as suas cabeças estúpidas e amorosas, e ordenava que morressem. Eram-lhes indiferentes as palavras vida ou morte, mas a fúria na minha voz podia entrar-lhes corpo adentro como uma bala ou um arpão.

Ficava a observar como se debatiam no chão, incapazes de fugir, incapazes de aceder aos pensamentos pequeninos que a natureza lhes reservava. Observava-as e pensava que, então, tinham corações como espelhos. Mostravam nos corações atacados de morte as feições do meu rosto e da minha alma. Teria sido terrível que verdadeiramente morressem. Faltavam à comunidade. Eram uma preciosidade que nos fazia sobreviver. Não morreram. Aguentaram o meu primeiro ódio. Persistiram. Eu chegava a desejar que a minha mãe lhes passasse a lâmina e as desfizesse. Mesmo que coubesse a mim, depois, limpar tudo.

Fui confirmar ao meu pai que descobrira o pânico. Um instante em que o interior nos vinha à pele estarrecido com o nojento das entranhas.

As palavras não são nada. Deviam ser eliminadas. Nada do que possamos dizer alude ao que no mundo é. Com trinta e duas letras num alfabeto não criamos mais do que objetos equivalentes entre si, todos irmanados na sua ilusão. As letras da palavra cavalo não galopam, nem as do fogo bruxuleiam. E que importa como se diz cavalo ou fogo se não se autonomizam do abecedário. Nenhuma pedra se entende por caracteres. As pedras são entidades absolutamente autónomas às expressões. As pedras recusam a linguagem. Para a linguagem as pedras reclamam o direito de não existir. Se as nomeamos não estamos senão a enganarmo-nos voluntariamente. Às pedras nunca enganaremos. Elas sabem que existem por outros motivos e talvez suspeitem que o nosso desejo de falar seja só um modo menos desenvolvido de encarar a evidência de existir.

O meu pai declarou: a Islândia pensa. A Islândia é temperamental, imatura como as crianças, mimada. Tem uma idade geológica pueril. É, no cômputo do mundo, infante. Por viver a infância, decide com muito erro, agressiva e exuberantemente.

Não te aproximes demasiado das águas, podem ter braços que te puxem para que morras afogada. Não subas demasiado alto, podem vir pés no vento que te queiram fazer cair. Não cobices demasiado o sol de verão, pode haver fogo na luz que te queime os olhos. Não te enganes com toda a neve, podem ser ursos deitados à espera de comer. Tudo na Islândia pensa. Sem pensar, nada tem provimento aqui. Milagres e mais milagres, falava assim. E tudo pensa o pior.

Eu, instável na convicção de que as palavras salvariam, enfurecia-me por me apertar ainda o peito e a tristeza trazer uma paralisação constante dos gestos e das ideias. Dizer Sigridur não fazia companhia. O meu pai fazia companhia mas não diríamos o nome da Sigridur com tanta matéria que o seu corpo se refizesse diante de nós. Éramos imbecis. Valíamos nada.

Queria uma palavra alarve, muito gorda, uma que usasse todo o alfabeto e muitas vezes, até não se bastar com letras e sons e exigisse pedras e pedaços de vento, as crinas dos cavalos e a fundura da água, o tamanho da boca de deus, o medo todo e a esperança. Uma palavra alarve que fosse tão feita de tudo que, quando dita, pousasse no chão definitivamente, sem se ir embora para que a pudéssemos abraçar. Beijar.

Beija a tua irmã, porque não a entendes mas ela sabe o que faz. Pensei. Está morta, sabe tudo.

O meu pai escrevia os seus poemas e fervia de se pôr no papel. Inventava poemas como se não fosse o seu autor. Pasmava diante deles, incrédulo, com dificuldade em entender de onde surgiam as palavras, como era possível que o explicassem. E eu achava que não explicavam nada. Eu queria olhar para as folhas e ver a Sigridur a correr, a molhar-se nos tanques de água quente. Não queria ver a caligrafia aprumada do meu pai e as suas rimas fracas, esforçadas. Queria que as folhas fossem um barco que nos tirasse a todos dali, ou que abrissem uma estrada segura até ao outro lado do mundo e tivessem rodas velozes e janelas a mostrar as vistas.

Íamos a Bildudalur. Passávamos a estranha marca na montanha e dizíamos que havia sido onde deus se sentara a lavar os pés. Contava-se que deus se sentara pelos fiordes e, de rabo tão pesado, a rocha cedera como se fosse um monte de areia. Outras pessoas achavam que aquilo era do diabo, descansando de andar a acender caldeiras, regurgitando as almas dos infelizes para dentro das crateras fundas dos vulcões, enchendo os vulcões do estranho ódio que o fogo continha. Jurava o meu pai: é um estranho ódio que o fogo contém. Deve vir dos mal mortos. Os zangados.

O fogo odeia. Insistia ele. É essencial que seja assim.

Mas os pés quentes do diabo teriam seco o mar. Eu achava que a marca grande na montanha era do rabo de deus. Porque o mar continuava fresco e sem receios. Muito fundo. O mar era um diamante líquido. Eu respondia: o mar também pensa. O meu pai sorria. Os peixes nadavam dentro de um diamante. No sangue de cristal.

Em Bildudalur, ajeitados para as compras e para as vendas, reparávamos sempre em como as pessoas pareciam limpas. Como se tivessem trabalhos mais lentos, onde se sujassem mais devagar. Estavam sempre mais bonitas. Os rapazes, sendo poucos, eram lindos. Muito perfeitos. Calavam-se na rua. O oposto do Einar. Pensei: sou tão esperta que nunca precisarei de namorar com o Einar. Não te preocupes, mana. Podes morrer feliz. Mas a Sigridur já estava morta. Pouco adiantava que a tentasse convencer da minha integridade ou bizarra esperança.

Pescávamos à linha, no regresso. Atirávamos os anzóis sem isco. Os peixes mordiam imediatamente como se tivessem fome de anzóis. Abundavam para nossa segurança. Pesquei apenas bacalhaus. Quando algum mais pequeno subia, soltávamo-lo. Cuspíamos-lhe na boca ferida e deitávamo-lo à água. Ia avisar os outros de que os pescadores daquele barco eram boa gente. Ensinavam os peixes pequenos a esperar a altura de morder. Era como dizer que lhes ensinavam a altura de morrer.

Não lamentei o sofrimento dos bacalhaus que pesquei a debaterem-se no pequeno tanque. Estavam maduros para nós, maduros para eles próprios, para morrerem. Não seria nada o peixe de que mais gostava, mas comer não se dava a requintes. Era uma tarefa que devia desempenhar-se com humildade.

O pequeno tanque branco, pensei, podia ser uma página. Os peixes debatendo-se podiam ser um poema. Chamei o meu pai. Disse-lhe que os poemas deviam ser assim, como caixas onde estivesse tudo contido e onde, por definição, pudéssemos entrar também. Caixas gigantes, se fosse necessário. Adequadas ao tamanho do que se quisesse dizer. Do que se quisesse guardar. E os peixes como versos que podemos tocar. Pai. Que podemos tocar. Esses versos convencem-me, os outros, não.

Sonhei que me deitava encostada à Sigridur na sua caixa de ir à terra. Encostada, sem grande espaço, apenas o suficiente para assistir, ver, tomar conta. Saber tudo o que aconteceria. Tocar. Ela estendida como um verso.

Naquele dia, uma baleia quase bateu no barco. Entravam muitas para comer os camarões e o nosso mar emparedado parecia até pequeno. Víamos-lhes os rabos a fazer força para que se afundassem em velocidade. O cantinho interior do Arnarfjordur era um guarda-joias culinário. Os camarões guardavam-se ali tão preciosos quanto se encurralavam. Pescávamos em sossego enquanto milhares ou milhões de criaturinhas morriam sem piedade.

Dentro do diamante líquido nadavam criaturas que se matavam umas às outras.

Por vezes, a minha mãe sangrava nos pratos. Enquanto os lavava, os cortes dos braços abriam a sujar a água. Não se cuidava. Gostava de ver as gotas escuras a cair na brancura da louça. Não lhe podíamos pedir que se afastasse. Ainda que se pusesse anémica, meio morrendo, era como queria. Vingava-se de si mesma por não ter sabido salvar uma filha. E eu afastava-me, sempre prometida para a morte. Devias morrer, dizia ela ao deitar. A tua irmã está sozinha e não te pode vir acompanhar. Mas tu podes. Tu podes chegar à morte com tanta facilidade. Cada passo é um perigo na nossa vida. Se não te acautelares, morres de distraída. Nem te magoará. E eu respondia: não me peça para morrer, mãe. Ainda tenho muita vontade de fugir, foi o que me ensinou a Sigridur. Que agora também eu entendo o que é ser longe. E ela disse: se fugires, mato-te. Vais estar sempre ao pé da minha mão. O único longe para ti há de ser a morte. Perto da tua irmã.

Nessa noite, o meu pai no barco, deitei-me atordoada. Não suportava a cabeça. A cabeça estava como um inchaço do corpo, um pedaço de porcaria que não tinha sentido. Entendi mais tarde que comera algum veneno. Fizera-me dormir além do sono. Um apagamento violento que me deixara à mercê. Quando acordei, a minha mãe desfizera-me um mamilo. A pele falhava. O sangue já seco não escondia os cortes. As dores eram profundas. A minha mãe disse-me que precisávamos de sacrificar o coração. Não sentir e não temer. Ter medo era um egoísmo insuportável. Eu gritei. Chamei-lhe louca, má, chamei-lhe diabo. Arrancara-me um ovo da pele. Dizia que era o símbolo da maternidade. Chorei para que o meu pai voltasse. Subi à criança plantada, gritei com as ovelhas até que se mijassem de medo e tombassem no chão como estúpidas, sempre sem entenderem a fúria, o ódio. Ainda cravei as mãos. Haveria de arrancar da terra o corpo desfeito da Sigridur e levá-la comigo para longe, para nos salvarmos as duas. As pessoas achavam que a menos morta já não escaparia. Achavam que eu, a menos morta, já estaria tão encomendada de alma quanto a minha irmã.

Ao regressar, o meu pai pensador e fantasioso abraçou-me. O meu pai salvou-me muito. Subiu a mão pesada sobre o rosto da minha mãe e desceu. Bateu-lhe. Talvez fosse a primeira vez. Ela aninhou-se. Era como se emagrecesse dez quilos de um só sopro. Vazia. Choramingou igual a uma coitada. Por ternura, ajoelhei-me e abracei-a também. Estávamos todos por semelhante tristeza. Não havia uma palavra para o explicar. Era real e não se pronunciava. O meu pai anuiu. Algumas coisas, como deus, existiam sem nome. Talvez nós próprios não tivéssemos nome e andássemos iludidos com aquele que usávamos. Talvez nós próprios fôssemos outra coisa que não aquilo que nos habituáramos a pensar ser.

Quando falo, não entrego nada. Deixo mesmamente despido quem tem frio e não encho a barriga dos que têm fome. Quando falo, o que faço é perto de não fazer nada e, no entanto, cria-nos a sensação de fazer tanto. Como se falando pudéssemos fazer tudo. O que digo é só bom porque pode ser dito, mas não se põe de parede para a casa ou de barco para a fuga. Não podemos navegar numa palavra. Não podemos ir embora. Falar é ficar. Se falo é porque ainda não fui. Ainda aqui estou. Preciso de me calar, pai. Preciso de aprender a calar-me. Quero muito fugir.

Mergulhei nas águas quentes. A paisagem silente, a bulir apenas com aquele vapor. Fiquei de rosto de fora, auscultando. Era raro que ali fosse. Cheia de complexos de mostrar o corpo nu, atrapalhada com as conversas, o mexerico inquisidor, os homens de cervejas na boca ficcionando a felicidade. Naquele dia, mais tarde, não havia ninguém nos banhos. O verão permitia que aparecessem depois, na luz da meia noite, fazendo festa. Eu queria apenas sentir-me abandonada. A água tomando o meu corpo leve, aquecendo-o, confortando-o. Gostava dos tanques. O modo como ficavam de varanda para o mar. Gostava do conforto materno das águas quentes.

O Einar, ao afundar, fazia barulho como as crianças distraídas ou eufóricas. A água parecia acordar do seu próprio sono. Ele ficava chapinhando com as mãos, alardeando, a meditação de cada pedrinha agreste dos fiordes. Ria-se. Eu encolhia o corpo já encolhido e sofria de uma angústia inconfessada. Ele dizia que o tanque onde estava era ainda mais quente do que o meu. Eu, agarrada ao peito, a tapar o tecido breve que me escondia o mamilo e parte da cicatriz, não respondia. Ficava de mau feitio a fazer-me de surda e a olhar para o fundo, como se passassem barcos ou alguém me chamasse. Ele repetia cada graça e esforçava-se para que eu correspondesse, e tornava-se mais impaciente. Recusava-me olhar, porque ele ia de calções curtos, era um malcriado e não parecia limpo. Nunca passava sabão. Esperava que a água perfumasse, que desinfetasse, que fosse boa sozinha. Ria-se de dentes pretos e chapinhava e chamava por mim como se eu lhe estivesse a responder em grande conversa. Eu bufava. Pensava que ele era chato. Era muito velho para namorar comigo e era chato. Já estava muito avisada contra os homens. Cheios de ideias claras de gestão. Geriam as vidinhas com sentido prático. A verem o que precisavam para serem felizes como se fossem a um mercado de raparigas aviar as conveniências. A minha irmã, acerca do Einar, estava de esperteza toda. Não era homem para nós. Não prestava para nada. Eu que o dissesse. Atrapalhada com manter-me discreta, e a água fumegando de quente a suar-me a cabeça como se me cozinhasse. Tinha sido uma péssima ideia meter-me ali. Os tanques eram populares. As coisas populares não combinavam com uma rapariga tão desanimada quanto eu. Ele, enrabichado, todo cheio de interesses e eu, amuada, a exigir o meu direito à solidão e ao silêncio. Depois, começou a disparatar sobre coisas sem nexo, até lhe parecer romântico explicar loucamente as estrelas e os planetas. Mais tarde, eu saberia que o Einar, confuso nestas alturas, procurava ser consequente, inteligente, procurava organizar um discurso passível de me cativar. Assustava-me. Dizia: a obstrução da luz. E eu nem sabia porque ele estava a gritar aquilo. Mas entusiasmara-se muito. Todo levantado nas águas e os calções quase a caírem-lhe e eu a fechar os olhos de canto, esquiva, meio a ter medo e a querer ver, nem que fosse apenas para saber do que devia ter medo e me proteger como desse. Não sabia o que queria dizer a palavra obstrução. Parecia uma coisa com ossos. Uma palavra com ossos e que talvez rastejasse de boca aberta. Feia, como a boca sempre aberta do Einar. Muito feia.

Quando saltou para o meu tanque, queixando-se do frio, da água mais fria, de ser menos profundo, de estar torto, inclinado para diante como fosse para entornar, perguntou-me se andava calada pela tristeza. Foi o modo como perguntou, um instante súbito de consciência, de respeito, uma tristeza que ele também sentisse, compaixão. Confundiu-me. Respondi que sim. Que perdera o jeito das conversas. Andava por ali a ver no vazio coisas de mentira. Andava a ver o vazio das coisas. Porque, sem a Sigridur, tudo perdera o conteúdo. Estava oco. Como se ela fosse o dentro de tudo. O dentro dos peixes e o dentro das pedras, o dentro de todas as mãos e dos sons, o dentro das paisagens, das subidas acentuadas, do medo de cair, da profundidade do mar, a chuva de todos os dias.

O dentro de mim e o dentro do Einar. E eu pensava em coisas de mentira. Imaginava e tinha sonhos. Ele ficou parado. O corpo todo dentro de água, o rosto observando o mar ao centro das montanhas, como se passassem barcos, dizia. Era bonito que passassem barcos, a levantar tubarões pela cauda. Vi uma vez um a passar assim. Levava o guindaste em serviço. O tubarão ainda arfava de cabeça no chão. Era como se estivesse derretido. O Steindór também viu. Estava aqui comigo e viu bem visto. Daqui a pouco deve chegar aí e podes perguntar-lhe se não é verdade. Mandou-me vir primeiro. Venho primeiro para o deixar pensar. Ele acha que eu sou oclusivo. Precisa de pensar sossegado para aquelas decisões importantes que tem de tomar. Oclusivo, pensei. Era uma palavra estranha que não tinha significado. Pareceu-me muito honesto assumir algo tão raro. Perguntei: o que quer dizer obstrução e oclusivo. Porque usas palavras que nunca ouvi. Ele respondeu: queria muito que me achasses menos tolo. Tenho uma inteligência caprichosa. Sei coisas, só não sei explicá-las. Como o quê, voltei a perguntar. Como o que sei do passado mas não consigo lembrar. Sei que me magoaram, mas não o consigo lembrar. Fizeram-me muito mal, Halla, e quase sei quem foi, mas não me lembro. O meu pai escreve poemas para descobrir aquilo que não sabe, eu disse. Respondeu: o Steindór lê poemas para explicar as coisas mais difíceis. As coisas mais difíceis escapam todas à ciência. O meu pai é um cientista das ideias, eu disse. O meu pai é muito genial. O Einar respondeu: eu acho que o Steindór me fez mal, mas não me consigo lembrar. Só me lembro de ele me fazer bem. Nunca o confessei a ninguém. Tu és a única pessoa do mundo a quem contei isto, juro muito. É um segredo. Eu anuí.

Pensei outra vez que o Einar era o único tolo das nossas pessoas como se pensasse que era o único solteiro, o único rapaz, o único amor possível. Achei que o Einar estava consciente de ser tolo. Não podia deixar de o ser, e sabia-o, com a mágoa que isso traria. Imaginei-o como alguém magoado. Alguém que tivesse dor. Tirei as mãos do peito. De qualquer maneira, debaixo de água, não se via nada. Debrucei-me no rebordo do tanque como ao parapeito de uma janela. Imaginei os barcos a passarem com tubarões derretidos. Ele arrancou duas flores silvestres, eu pu-las a flutuar na água. O Einar: não tens de estar sozinha. Só sentir. Sentir, sim. Estar, não. Até não te sentires sozinha.

Mostrei-lhe a cicatriz que escorria para fora do pano pequeno no meu peito. Era um fusível pelas costelas. Acendia nada. Escurecia-me. Ele já ouvira falar. Achei que estava quase a chorar por mim. Estava comovido. Nunca nenhuma perceção me fora tão revolucionária quanto aquela. A minha mãe, confessei, corta-se e odeia--se. Odeia-me também. Como não me multiplico, sou uma metade insuportável que prefere não reconhecer.

Havia umas margaridas muito mirradas que circun-davam os tanques. Mais para o lado de cima do que para o lado de baixo, por onde a água quente transbordava e melava tudo. Punha sempre os pés nos olhos. Pensava eu. Pôr os pés nos olhos. Queria dizer que via por onde ia. Detestaria pisar as poucas margaridas. Arrependi-me de arrancarmos as flores para as colocar a boiar. Estava nervosa. Só fazia asneiras. Só faria asneiras. Pedi ao Ei-nar que nunca mais matássemos flores. Era o nosso pacto. Não matar as flores, o que parecia um compromisso ab-soluto em favor da vida. Ele aceitou como se finalmente me tornasse sua namorada. Estava comprometido co-migo para aquilo, era como dispor-se a um compromisso comigo para todas as coisas.

Não queria ver o Steindór. Não queria que as nossas pessoas me apanhassem ali, despida, magra de ossos à mostra. Encorajei-me. Lancei mão da toalha e assim me tapei ao sair da água. Vesti-me atrás das rochas. Apressada e a tremer de frio. Desculpando-me. Era para ir aos recados da minha mãe. Disse eu. E o Einar só exclamava: que pena. Que pena. Agitava-se. Voltava a levantar a água.

Tinha-lhe confiado que as águas acordavam do seu próprio sono. Pensava que as águas eram sonâmbulas. Moviam-se dentro de uma certa noite contínua. Por sonho. As águas moviam-se por sonho. O Einar gritava, feliz, que adorava conversar comigo. Que eu era a sua melhor amiga e que me amava. Eu precisava de fugir antes que alguém chegasse e o ouvisse.

As águas, um dia, acordadas de raiva, haveriam de se levantar, verticais e furiosas, para fustigar tudo. As quentes e as frias. Espanando os icebergs, os glaciares inteiros, libertando todas as coisas como a fazer com que viessem flutuar à procura de um novo tempo para parar.

O Einar dizia: a menos morta gosta de mim. Eu tinha pena do Einar.

Passei a dormir com uma moeda fechada na mão. O meu pai dissera-me que as moedas eram sujas. Pouco havia de mais sujo no mundo. Na mão de uma criança eram como monstros redondos e diminutos que, a qualquer momento, abriam bocas muito dentadas e devoravam tudo. Ele achava que o mundo dos homens estava a acabar. O das crianças acabaria logo depois.

A minha irmã não subia a terra, nem por árvore de músculo nem por tronco de madeira. Ele sorriu compassivo. Talvez a tristeza fosse um modo de envelhecer. A tristeza colocara os meus pais e as coisas todas a envelhecer. Dizia-me que era possível. O tempo também se conta pelos desgostos. Explicava isso. Respondi: se fosse assim, eu teria cem anos. Estaria muito velhinha. E tu, perguntei. Ele disse que estaria com mil anos e que saberia os segredos de todos os mistérios.

Pôs a mão no meu peito. Eu não tinha nada. Era lisa como os rapazes. Percorreu a cicatriz. Depois, pôs a mão entre as minhas pernas. Sorriu de boca podre. Eu confirmei: já sou uma mulher. Deito flores. Senti-me francamente orgulhosa, como se atingisse alguma meta por mérito. Alinhei as costas muito direitas. Ficava com mais dez centímetros de altura. Até me admirava com o que via assim esticada. Era alta. Muito mais alta do que estava habituada a sentir-me. Como se fosse mais adulta e soubesse melhor o que fazia.

Deitámo-nos no chão, sobre a minha irmã, a dizer coisas à sorte e a ocupar o espaço.

O Einar tinha um sorriso negro. A boca aberta como um rabo, o lado de trás. Um objeto de matar. Tinha a boca como um objeto. Um rabo que fosse uma coisa e tivesse lâminas e cortasse. Achei que verdadeiramente me devoraria. Os dentes metálicos, luzindo em água negra, como se fossem moedas gastas de tanto ferrar. Não parava de pensar que estava proibida de fazer futuro com ele. Era como desobedecer à morte. Ordens da morte, do lado de lá da vida. O Einar não podia ser meu namorado.

Encostou o objeto sujo no meu peito. Mexendo-me e eu com a impressão de que a pele me ficava preta. Sou um falcão, desses falcões que atacam sem piedade. Beijava-me assim, eu a sentir que a pele amargava como se estragando. Pedia-lhe que namorasse comigo apenas por amor. Podes gostar de mim, pedia eu. E ele tocava-me gulosamente, a garantir que sim. Que gostava de mim. Enquanto não for por amor, não namores muito. Eu pedia. Esperava que o amor, quando acontecesse, me tirasse o nojo que sentia. Passaria a achá-lo limpo. Dói-te aqui, perguntava-me.

Depois, respondi-lhe: talvez a morte seja só uma maneira de simplificar a alma. A morte é a simplificação das almas. Deixa-as libertas dos infinitos pormenores do corpo. Libertas da sua vulnerabilidade. Ele deteve-se por um instante. Eu repeti: o corpo suja a alma.

Naquele dia, o Einar prometeu que escavaria a minha irmã. Poderíamos olhar para ela. Perceber o que lhe acontecia e como saberia explicar ainda a morte. Parou de me tocar. Ficou loucamente a ouvir as nuvens. Fazia chhh, e ouvia o nada como se fosse alguma coisa. De todo o modo, começara a chover. Eu precisava de regressar a casa.

Ter duas almas deixava-me assim, a meias de fazer uma coisa e outra.

Levava um punhado de flores pequenas do caminho que arrancara com raízes. As flores vivas talvez fossem mais felizes e levassem maior felicidade a quem se destinavam. Pedi licença ao meu pai para arrancar pelas raízes as flores silvestres. Se as levasse pelas raízes poderiam viver na terra da minha irmã sem darem conta que viajaram. Ele disse que sim. A minha mãe, no entanto, disse que não. Achava que os lugares das pessoas mortas precisavam de respeitar a tristeza. Tinham de ser um bocado feios.

Senti-me muito feia por andar ainda atrás da beleza. Era tão diferente de fugir. O meu pai desentristeceu-me. Prometeu que leríamos um livro. Os livros eram ladrões. Roubavam-nos do que nos acontecia. Mas também eram generosos. Ofereciam-nos o que não nos acontecia. Se a minha mãe se deitasse cedo, leríamos como quem partia dali para fora. Para longe. Estás a ouvir, mana. Punha a cabeça de encontro ao livro como se para ler fosse necessário mergulhar. Servia de ilusão. O melhor era poder fazê-lo com o meu pai. Andar iludida com ele. Ele, eu sabia-o muito bem, era uma parte viva da minha irmã.

Eu disse à minha mãe que escavaria a criança plantada e a tomaria nos braços. Se me enfurecessem, ainda era maluca o suficiente para fugir com a Sigridur morta e mordida para muito longe dali.

Uma pequena gota de sangue mostrou-se no pulso da minha mãe. Ajeitou a camisa de dormir. Deitou-se novamente, discreta. Envergonhei-me por lhe responder. Era uma rapariga mimada. Devia ser a poesia do meu pai que me mimava. Os livros. Eram os livros. Diziam-me coisas bonitas e eu sentia que a beleza passava a ser um direito.

Apertei a moeda. Adormeci à espera que crescesse e me matasse. As moedas eram da família das facas.

Contava-se que, num tempo inicial, voavam dragões famintos que devoravam tudo quanto lhes adoçasse as entranhas zangadas. Contava-se que, devastadas as coisas todas, os dragões haviam perdido a capacidade de voar e haviam parado exaustos um pouco por toda a parte. Arfavam e empederniam. Dizia-se que, de tão grandes e espessas peles, haviam radicado como montanhas de boca aberta. Passados infinitos séculos, alguns fumegavam ainda. Algumas bocas, no resto da raiva que continham, cuspiam fogo, já como dragões de pedra. Bichos gordos absolutamente feitos de pedra. Era engraçado olhar para as montanhas da Islândia e imaginar dragões acotovelados. Gigantes e cansados, mas talvez ainda ferroando-se e chamuscando-se uns aos outros por dentro. Culpados e culpando-se de terem tido tanta gula e tanta incúria.

Talvez a Sigridur estivesse simplesmente a arder. Teria ardido. Metida abaixo da terra para eventualmente afundar sempre, até às caldeiras que esperavam por nós. A Islândia era uma caldeira, uma panela de pedra sobre uma caldeira. A Sigridur cozinhava. O Einar perguntou: quem te disse isso. Eu respondi: ninguém. Chegara carta da minha tia. Palavras vindas de Höfn apenas para confirmar que se mantinha a serviço e solteira, de saúde e esperançada. Eram notícias raras. Nem para a plantação da Sigridur regressara. O meu pai dizia que ela era melhor assim, do outro lado da Islândia. Era melhor pessoa se não estivesse perto. O meu pai respondeu à carta: por aqui, tudo bem. As ovelhas e os carneiros, sempre bom peixe, a igreja sem prior, o Steindór solteiro, o telhado para remendar, mais nada, o de sempre, e um beijo da tua irmã, outro da tua sobrinha, um abraço do teu cunhado e mais sortes. Que te corram bem os vulcões, os aluviões, o frio, a fartura da casa que serves. Depois, virou-se para mim e acrescentou: deve estar como uma montanha derramada entre outras. Gorda e glutona, fervendo por dentro, furiosa por ter tomado sozinha a decisão para o maior erro da sua vida. Não entendi. Ainda insisti: de ir para Höfn. O meu pai calou-se. Entrou a minha mãe, ele releu a carta e ela assentiu mudamente. Fechou-a num envelope. Escreveu o nome e um endereço e percebi que era tão diferente das nossas garrafas. Haveria de seguir sem esperança alguma. Sem flores nem açúcares, sem perfumes.

O meu pai disse que a minha tia havia de estar a deitar fogo pela boca, tanto quanto o Hekla da última vez. Gorda, tombada de raiva como um dragão casmurro a conversar de igual com as montanhas.

O meu pai jurava que a minha tia havia de povoar de pequenas ilhas o adiante do mar.

A minha mãe benzia-se quando se falava da irmã. Benzia-se quando deixavam a carta com o barco. Com as cartas iam-se as palavras. Ficava em silêncio por um tempo. Eu não conseguia entender se a medo ou ansiedade, se por sentir falta ou temer o regresso. Havia uma história acerca da minha tia e de um homem com quem haveria de casar. Não casou.

O Einar jurava lembrar-se. Mas não naquele momento. Atirava-me dentes de leão à cabeça. Achava que o meu cabelo envelhecia. Quando me lembrar, vou ter de pensar numa vingança. Eu ajudo-te, respondi. Ele gostava da ideia de ter ajuda para quando soubesse ao certo o que lhe fizeram. Achas que as nossas pessoas sabem de tudo. Eu afirmei que sim. Havia pouca gente enganada naquele lugar.

O Steindór explicava que gostava dos filósofos da felicidade. Os que permitiam a substituição de deus por ideias poéticas. Achava que a felicidade era esperar por deus. Pensar em deus sem o vulgarizar e sem soberba. Na Islândia, dizia, era preciso estar preparado para a substituição poética das coisas. O Steindór pensava como um gigante. Tinha um cérebro gigante. Eu e o Einar pasmávamos. Ele respondia: não se ponham aí a andar acompanhados um do outro. Tenham juízo. Eu corava. Era capaz de imaginar a mão gigante do Steindór a entornar oceanos, arando a crosta terrestre então descoberta. Imaginava que arrancaria a Islândia, desvitalizando os vulcões como se fazia aos dentes. Tomaria a ilha e os seus veios esvaziariam de lava até que restasse a rocha seca, imóvel, de confiança e à mercê do vento. Se a Islândia ouvisse os pensamentos do Steindór, haveria de ficar contente. Ele era muito bom para ela. Eu disse-lhe que o meu pai também punha versos no lugar de cada coisa. Ao invés das pedras, ele tinha versos. Tinha versos no caminho. E o sol era uma palavra amarela com outra que faiscava e talvez com crinas de cavalo em dias de maior exuberância. O meu pai, Steindór, põe palavras nas mãos e elas começam a piar e são iguais às andorinhas. Vão embora com elas. Para sempre. Palavras para sempre. Rimos muito. Conversávamos assim e ríamos muito. Algumas palavras, depois, têm outras como filhas. Andam acompanhadas delas e ensinam-lhes a brincar e a serem felizes. Quando passam os bandos a voar, o meu pai diz que é um texto. Diz que o podemos ler.

Naquela tarde, o Steindór emprestou-nos um livro com pinturas do Kjarval. Eu e o Einar segurámos o objeto a prometer não o estragar, não o sujar, não o rasgar, não lhe apagar palavra alguma. O Steindór explicou: o Kjarval não se ilude com a aparente simplicidade da paisagem e não vê o vazio. Em cada austera imagem tudo se torna orgânico, mutante, quase em movimento, animal. As pedras do Kjarval são como bichos aninhados à espera. As pedras conspiram. Magicam maneiras de viver. Fixei muito a ideia de não ver o vazio. Era como não ver a solidão.

Lembrei-me de o meu pai dizer que a solidão não existia. Era um desrespeito para com deus, para com a Islândia.

Quando abrimos o livro, metidos no cabeço a fugir de todos, pensámos que a pintura era um milagre, que os livros eram um milagre, pensámos que valíamos praticamente nada comparados com o que existia no mundo. Valíamos praticamente nada comparados com um livro. O Einar respondeu: talvez a tocar piano também faça do som uma série de bichos aninhados à espera. Talvez toque piano como um milagre. Mas não era verdade. O Einar era um desastre para o piano e não havia mais nada onde se lhe pudesse reconhecer o génio. No cabeço, com o livro a queimar-me as mãos, eu senti que não tinha forças para ser melhor. Só sabia seguir por inércia o que a vida me colocava diante. Estava ali com o Einar, voltei a pensar tão traidora. O vértice da montanha onde eu queria deitar os olhos da minha irmã. Levar para aquele lugar as costas dos olhos. O lado interior de tudo, para onde aluía a vida quando se morria.

Temos de ir embora, disse ao Einar. É muito triste estar contigo aqui, no miradouro para onde vinha com a minha irmã. Ela deve odiar-me. Mais ainda porque trouxemos um livro do Steindór e os livros deviam ser todos do meu pai. O meu pai deve achar coisas importantes sobre o Kjarval. Tenho a certeza. O Einar respondeu: só estás aflita por gostares de mim, Halla, não é mais nada. Não sejas doido. Dizes muitas asneiras.

O meu pai sentiu ciúmes do Steindór. Eu pousei o livro. Contei-lhe dos filósofos da felicidade como se desdenhasse das teorias do Steindór. Quase me ri. O meu pai respondeu com a sua ideia fixa de que deus estava fora do que podíamos conceber. Discursar sobre ele era uma falta de respeito. Eu já o sabia. Quase me ralhou. Fiquei quieta. A minha mãe havia berrado com ele. Já quase não berrava, porque lhe faltavam as forças. Mas, naquele dia, assim acontecera, o que o deixara desorientado e muito severo no modo como me falava.

Andámos calados umas horas. Depois, ele aproximou-se com uns versos e tinha umas folhas amarrotadas a mostrar que reescrevera algo muitas vezes. Estava finalmente sereno. Igual a ter encontrado uma coisa perdida há muito. Talvez perdida por deus e nunca encontrada pelos homens.

A poesia é a linguagem segundo a qual deus escreveu o mundo. Disse o meu pai. Nós não somos mais do que a carne do poema. Terrível ou belo, o poema pensa em nós como palavras ensanguentadas. Somos palavras muito específicas, com a terna capacidade da tragédia. A tragédia, para o poema, é apenas uma possibilidade. Como um humor momentâneo. Eu perguntei: posso chamar a vida de poema. E ele respondeu: podes chamar a vida de poema. Ou podes chamar de normalidade. A vida é a normalidade e deus é a normalidade. O poema é normal.

Onde há palavra, há deus. Onde nasce a palavra, nasce deus. Todos os outros lugares são ermos sem dignidade.

A carta seguiu para a minha tia como se deus fosse dentro. Como a garantir que Höfn não fosse um ermo destituído de dignidade.

Depois, pensei que o ermo era uma entidade que deus criara para ser assim. Uma forma de expressão muda. Lugares mudos que acusavam a paciência das matérias, a sua maturação, a longevidade e a criatividade paulatina mas exuberante das coisas naturais. Só pareciam mortas. Não estavam mortas. As montanhas eram corpos deitados. Não tombaram. Eram assim. Deitavam-se por maturidade. Sem palavra. Como um poema calado. Calado sem deixar de o ser. Uma coisa normalmente quieta e sem palavra.

A boca de deus, ao centro dos fiordes, não dizia nada. Calada como era, nada de indigno haveria de ter. Era deus calado. O poema talvez esperando. Seria possível que se tivesse ali a contar versos que não podiam ser escritos sob pena de ninguém os entender. Era exatamente o que estávamos a discutir. Que nada sobre deus nos cabia na cabeça. Como haveria de não caber a sua poesia tremenda, extensa, eterna. A cabeça dos homens não durava sequer o tempo suficiente para a leitura do nome de deus, que seria um nome infinito. Não era, portanto, legítimo que divagássemos sobre a sua vontade, ou que nos zangássemos com a sorte.

Ainda que usássemos cem anos para chamar deus, lendo o seu verdadeiro nome num papel escrito, não teríamos tempo para chegar ao equivalente a uma primeira letra. Seríamos, de igual forma, ridículos. O meu pai, abraçando-me, também o confirmou. Éramos ridículos. Uma carne anedótica a querer despegar-se do chão.

Eu disse: nunca vou gostar mais de outra pessoa do que de ti, pai.

Eu gostava que o Einar me sentisse o peito, mesmo que não houvesse ali nada, e gostava quando me mexia com os dedos. Mexia de leve e cheirava sempre. Como se fosse de provar. Sentava-me invariavelmente na mesma pedra, à espera. E ele vinha. Chegava um pouco cansado dos acimas e abaixos da nossa terra. Sentava-se também, olhava em redor, eu sabia que era importante não haver mais ninguém, e tocava-me. Contava-lhe tudo. Sobretudo acerca das ordens perentórias da minha irmã.

Ele sacudia-me a terra do peito. Dizia que me sacudia a terra ao coração, para me fazer sentir viva, absolutamente diferente da Sigridur. Passava a mão de um lado para o outro. Soprava. Fazia-me cócegas. Depois, começou a beijar-me. Ia ensinar-me a beijar e eu não sabia se o queria, porque era algo muito intrometido e talvez deixasse rasto. A boca dele parecia laminar a minha. E eu pensava que um beijo mais forte e demorado seria capaz de pôr-me a boca torta, a notar-se que fora beijada e a obrigar-me a confessá-lo. Não tinha idade para namorar e o Einar era muito mais velho, não servia de bom namorado. Esfregava a mão no meu rabo e beijava-me e eu gostava muito, mesmo sabendo que ele era feio, desfigurado, com maus perfumes. Mesmo sabendo que vinha por mercado, a escolher uma rapariga para os seus interesses masculinos, cheio de instintos, como a recrutar uma empregada para as coisas todas dos dias e das noites. Cada homem tem a sua mulher educada para os cuidados da casa e do corpo, alguma conversa, alguma esperança e beleza. Os homens querem as mulheres porque, em certas alturas, não sabem, não podem, não querem ficar sozinhos. Eu disse isso ao Einar. Ele olhava para mim como se eu fosse uma ovelha tosquiada, assada, recolhida na bandeja dos seus braços, pronta a servir. Talvez as mulheres, por seu turno, nascessem para se sentirem bem naquela situação. Talvez aprendessem a encontrar uma pacificação com aquele destino.

Eu punha as mãos no peito e dormia de morta a tentar que a minha irmã me ajudasse a sentir o certo e o errado do que acontecia naquele fim de verão. Podia ser que a sua alma me viesse explicar com rigor o que me dava tanto prazer e tanto medo. Durante a noite, eu própria levava os dedos a meio das pernas e segurava no rabo como se me pudesse cair. E adorava os beijos. Ria-me, dormindo. Era uma estupidez pensar que por beijar haveria de ficar com a boca torta. A boca voltava sempre ao mesmo sítio. Não se notava nada. Era-lhe tão natural beijar quanto comer o peixe e beber um copo de água. Por mais água que bebêssemos, nunca ficaríamos de lábios apontados para sempre. Um sorriso disfarçava tudo. Pensei assim. Um sorriso disfarçava tudo. Andei dias a sorrir amiúde, de maneira tonta, ingénua e malcriada. Achava que resolvia os meus problemas e que a vida podia conter, efetivamente, alguma inusitada maravilha guardada.

E ele perguntava: como sentes, conta-me como sentes que é a altura. E eu respondia: fico enjoada, não quero comer, e há assim uma impressão de que o sangue, por aqui, anda grosso por veias estreitas. Sinto o sangue a passar. Mesmo quando não vem para fora do corpo, tenho a impressão de que está a molhar-me, a sujar-me, como se pudesse sair diretamente através da pele, a estragar-me a pele. Dói muito. Dói-me a cabeça. E molho-me. Se lhe toco, fico pior. Limpo-me o dia inteiro, para não cheirar mal e não correr o risco de me escorrer pernas abaixo. Até os carneiros ficam nervosos. Os animais percebem que estou no tempo das flores. Odeiam-me. Ele disse que os rapazes não tinham nada daquilo.

As partes dos homens eram para fora, mais dadas à limpeza e à honestidade. Eram muito mais honestas, dizia. Viam-se bem e não enganavam quanto a tamanhos e outras medidas e sabores. As partes dos homens eram estáveis. De confiança. Como se fossem mais inteligentes.

O Einar sentou-me no colo e apertou-me. Beijava-me e queria que eu lhe confirmasse gostar dele. E eu gostava. Era mais claro do que o meu pai. Um homem quase branco, os olhos feitos de gelo azul, tinha vidro por dentro, como se dentro da cabeça guardasse um cristal. As mãos grandes, os dedos compridos e bonitos, de pianista. Ele jurava que tocaria piano para mim. Dizia aquilo para me enganar, mas gostava muito que ele fizesse o esforço para me enganar. E eu andava a afinar canções só por brincadeira. Ia ser divertido cantar com ele. A minha mãe já não me ensinava nada de música havia muito.

Tu que idade tens, és mais velho do que o meu pai. Ele dizia que não. Tinha metade da idade e o dobro do juízo. Ríamo-nos.

Ali, no colo, a sentir que dentro das calças dele algo me procurava, um animal vivo que obstinadamente me procurava, pensei naquilo como os bichos que devoravam os corpos dos mortos. Pressenti que faria algo de mau. Estava certa do erro, mas certa também de que não podia deixar de o cometer. Eu própria lhe pus a mão. Queria perceber que animal era aquele e queria que me dominasse. Queria entender porque me desejava tanto porque eu, sem saber exatamente o quê, desejava algo também. Estava viciada na descoberta de cada dia. Na intensificação perigosa das brincadeiras. A brincar de ser adulta.

Ao início, imaginei mesmo que um animal me entraria corpo dentro e visitaria os ossos, o estômago, o interior dos olhos. Percorreria o meu corpo como em passeio, chegando às pontas dos dedos, ao apressado coração, à cova da boca, espreitando para fora. Imaginei que havia um animal inteligente para fazer isso, como se levasse umas carícias ao interior todo do corpo. Entraria, calmamente me percorreria, e haveria de sair. Educado e sempre esperado para voltar.

Quando o Einar se pôs dentro de mim, eu achava que as suas partes se soltariam e chegariam, assim, a todo o lado, com patas, andando, abrindo caminho, encontrando a alma e conferindo cada coisa, para voltar com anúncio de esplendor. Ao contrário, as partes dele entravam e saíam das minhas tão sem mais nada que me surpreenderam. Fiquei de espanto. No meio das pernas, e apenas naquele lugar pequeno e desajeitado por onde humilhantemente urinava, estava tudo. Não havia segredo para lá daquilo. Seriam quinze centímetros de fundura. O resto do corpo tinha uso pelo lado da pele. Pelo lado de fora. Caí extenuada no chão e ele disse: vou casar contigo quando fores grande. Senti-me suja. Deitara sangue. Não sabia se havia gostado. Achava que afinal não gostara. A intuição dizia-me que devia ter sido melhor. Devia sentir-me melhor.

Beijou-me. A sensação reforçada das moedas na boca. Não era nojo. Era uma tristeza profunda.

O Einar, pressentindo a profunda desilusão, brincou comigo. Obrigou a que me levantasse. Quis correr um pouco, ali em redor. Eu podia correr mal. Doía-me o estômago. Dizia-lhe que me doía o osso burro. Não era nada forte para desportos e acabara de mudar a minha ideia de corpo. Corria como se estivesse dentro de um corpo alheio. Mal identificada. Estranha. Com vergonha. E ele respondia: um osso burro tenho eu, porque estou apaixonado. Punha as mãos no meio das pernas. Era ordinário.

Depois, a ouvir acerca da paixão deixava-me infimamente apaziguada. Não me retirava a dor no estômago, apenas me confundia a descortinar entre coisas más e coisas boas.

As ovelhas voltaram a descer à criança plantada e eu barafustei-as dali para fora. Ainda tonta. Como se tivesse bebido. As ovelhas, sempre apavoradas com a minha fúria, outra vez se mijavam e desmaiavam.

O Einar foi embora. Foi embora mais cedo, nesse dia. O Einar de cristal dentro da cabeça, boca de motor, os olhos de vidro translúcido, deixara-me sozinha com a minha irmã plantada. A terra como um espelho baço que impedia a perceção das semelhanças. Aquilo por que, toda a vida, nos havíamos identificado. E eu murmurei: Sigridur, tenho mais medo. Tenho mais medo. Passava a mão pelo chão como se pudesse aclarar a imagem, permitir que me visse ao espelho, permitir que a visse. Saber se aquele era um modo de crescer bonita, para ainda querer ir viver para Reiquiavique e depois para a América. Ali refletido, o meu rosto era de terra e não se aclarava. Ambas mortas, cheias de medo.

Pensei que agora aquela porção de terra era o corpo gémeo do meu. A minha carne e a minha pele iguais à terra que as ervas muito curtas e sempre secas cobriram por completo.

Deitei-me. Alguns pássaros desassossegavam-se. Eram andorinhas. Havia um falcão. Estaria na altura de migrarem. Em algumas semanas haveriam de partir até restar nenhum. Só os patos do costume. Fiquei a medir--lhes os voos. A proximidade e a distância que mantinham uns dos outros. As andorinhas do ártico, belas e sempre zangadas, gritavam com voz de bruxas. Enterrei o dedo mindinho entre as ervas. Imaginei que a minha irmã se esticava para me vir tocar. Eu, assustadamente arrependida. Se por magia de bruxa a minha irmã me tocasse, teria valido a pena. Todos os modos eram legítimos para que ela me garantisse saber de mim. Todos. Não tenho medo de fantasmas, Sigridur, podes vir com lençóis ou em fumos, nuvens pequenas ou vozes suspiradas. Podes vir como te for mais fácil, não terei medo. Nunca teria medo de ti, nem mesmo se agora esta pouca terra se abrisse e eu te caísse sobre o corpo desfeito. O teu corpo desfeito nunca me será horrível e nunca me impediria de te abraçar ou de te beijar, porque o teu corpo é o futuro do meu e eu, que não tenho filhos, também preciso do futuro. Tudo quanto te estiver mais perto me deixará sempre feliz. Se ao menos me pudesses vir explicar o que te está mais perto. Porque tenho tanto a impressão de me enganar aqui. Sonho que ser longe é estar mais perto de ti. Desculpa, mana, o Einar, por agora, é o mais longe que existe. Como se me levasse a ser outra. Desculpa.

Seria bom que estivesses aqui comigo a ler os pássaros para discutirmos se o pai também está doido ou se vê as ordens de deus que ninguém vê.

Encostei a barriga ao chão. Ainda quase nada, quase filho nenhum, e eu perguntava: lembras-te de me prometeres escavar a terra. Escavamos a terra para ver. E ele respondeu: deve estar pela metade. Só pela metade. E eu encostava sempre a barriga e dizia: o que vai ser de mim quando as nossas pessoas se aperceberem, Einar.

Não sentia o lado de lá dos gestos. Explicava assim. Queria dizer que me faltava a perceção dos gestos da Sigridur e cada coisa que eu fazia não percutia. Tivéramos efeito uma na outra, como ecoando cada instante. E eu estava ali deitada, apavorada, toda ao contrário do que me pedira a minha irmã, e o Einar servia pouco para pensar sobre os problemas. Achava que o Steindór nos ajudaria. Achava que nos casaria. Talvez vivêssemos os dois no apertado quarto da igreja onde ele sozinho mal cabia. Dizia que era tão forte que afastaria as paredes com as próprias mãos até o quarto ser grande. Esticaria a igreja inteira, se fosse preciso. Se eu quisesse, ele puxava por uma ponta da terra e esticava-a até inventar um lugar na charneca onde pudéssemos construir uma casa toda.

Eu dizia-lhe que nada me prenderia. Precisava de fugir. Estava em fuga. Era como a pedir-lhe que não gostasse demasiado de mim e, mais do que isso, não me obrigasse a gostar demasiado dele.

Era o último sol quente do verão. As chuvas vinham mais e mais pela noite. Havia o nevoeiro intenso que chegava ao entardecer, como um gato gigante aninhado sobre os fiordes. Em alguns dias, começaria a disciplina do inverno. Já se fazia a recolha das ovelhas para os currais. Crescia o empecilho do gelo nos caminhos altos, até descer, até fechar tudo, por vezes até perto do mar. O vento levantando com violência. A clausura da casa. Ler livros. Aquecer a sopa. Fazer agasalhos. Tricotar. Cantar canções. Sair apenas aos animais. Dar-lhes de comer. Espe-

69

rar pelo tubarão apodrecendo. Deixá-lo secar. Aguardar pelo natal. Comer batatas cozidas. Esperar. Aprender a calar. Nunca falar o desnecessário. A voz ocupava demasiado espaço. Observar e imaginar o longe.

A minha mãe cantava hinos e cortava-se agora nas pernas. Puxara-me uma noite para me agarrar as coxas magras. Abriu uma linha fina na minha pele. Não protestei. Encarei-a com desdém. Odiava-a ainda que o meu pai me quisesse convencer de que o ódio era um sentimento sem educação. Os sentimentos educados cabimentam cada ofensa numa categoria diferente. Dizia. Eu tinha nenhuma disciplina no coração. Sentia as coisas de maneira bravia. A poesia, afinal, não me amansava completamente. Aquelas coisas bonitas acerca de palavras alarves que contivessem corpos inteiros lá dentro. Nada me diminuía o desamparo, a frustração, a tremenda atração por inventar que vivia ainda no passado. Eu disse ao meu pai: um dia, de ódio, mato a mãe. Ele bateu-me. Também por ternura.

Mato-a, atiro-a a um fundilho e limpo o sangue com a chuva.

Contei as nuvens. As que pareciam raposas, cães ou gatos. As que pareciam rostos zangados. As que pareciam coisas de vestir. As que pareciam, simplesmente, montanhas. As almas das montanhas mortas que, por serem grandes, vagavam ainda pelo céu. Pensei que a alma de uma montanha poderia cair e tombar sobre mim e eu, tão pequenita, haveria de morrer esmagada. Ou, se a alma de uma montanha me entrasse no corpo e me fizesse crescer como um gigante, seria magnífico. Pensei que, se a minha alma passasse no ar, não seria vista de tão pequena e, se fosse de ver, teria a forma de duas meninas a dormir, deitadas uma para a outra, as pernas fletidas, formando um pequeno coração de cabelos loiros e panos brancos, sorrindo. Os dedos mindinhos laçados. Dormíamos com os dedos mindinhos laçados, como se prometêssemos nunca ir embora.

O Einar deitou-se ao pé de mim. Perguntou três vezes o que via eu. Disse: as nuvens. Ele respondeu que elas, por vezes, falavam. Tinham rostos e falavam. Quando disparava sobre o mar, porque os tiros não chegavam ao céu, tentava acertar nos seus reflexos. Queria que os rostos se calassem. E eu perguntei: achas que são mortos. Os mortos que falam. E ele disse: não. São os meus medos. Tenho muitos medos e eles ficam a cobrir o céu e a fazer inverno e tempestades. Odeio o inverno, confessava ele. Fico fechado a rezar. Rezar é como dar corda à morte. Quanto mais rezamos, mais encomendados a deus estamos. E ele vai sempre lembrando mais e mais, até poder decidir que lhe fazemos jeito e nos mata. Quando deus me matar, vou revoltado, porque sentirei a falta de aqui estar eternamente.

Eu achara que o Einar era um valente. Subitamente, aparecia como mais e mais honesto aos meus olhos. O Einar era mais pequeno do que eu em muitas espertezas. Sentia-lhe carinho por isso.

Perguntou: em que pensas tu. E eu respondi que não devíamos ter enchido as garrafas de flores. Devíamos ter pendurado cada mensagem numa semente, e devíamos ter enchido as garrafas de terra. Podia ser que germinassem e estivessem árvores inteiras a boiar pelos oceanos. Apelando. Fáceis de encontrar. Acompanhando as marés e chegando a medir-se com os maiores barcos. As nossas mensagens penduradas nos ramos mais altos, para serem lidas pelo melhor herói, aquele que atravessaria os mares e não se deteria com as alturas. E eu disse que andava a ganhar vergonha de falar com a Sigridur. Como não sentia nada, falar com a terra era tão destituído quanto andar aos tiros à água para castigar as nuvens. O Einar jurou que queria muito ser o meu herói. Eu pedia que não me prendesse. Disse-lhe: em liberdade, a beleza atrai a sorte. Em cativeiro, a beleza atrai o azar. Dizia beleza como podia dizer o amor. Nunca diria amor. Não podia amar o Einar. O que nos acontecia era como sem nome.

Se abríssemos a terra da Sigridur, ela haveria de estar moída com as madeiras, confundida entre uma coisa e outra, cheia de porcarias a passar-lhe nos folhos rendados que a minha mãe preparara a vida inteira. E teria covas fundas no rosto, a minha irmã seria feita de abismos e vazios de cair para longe, para onde ficava a morte. A morte era muito longe, comentava eu. A minha irmã queria ser longe e talvez não houvesse maior distância do que a da morte. De outro modo, dizia, podia ser que não. Porque os mortos talvez vivessem entre nós, acomodando-se nos nossos ombros ou no nosso colo, leves, impolutos, feitos de tempo. Podia ser que ninguém se pusesse mais perto de nós do que os mortos. Quando sentados em cadeiras ou estendidos nas camas, podia ser que estivéssemos simultaneamente no dorso deles. Amparados por eles, por nos quererem bem ou nos quererem o calor que perderam. Cada gesto seria como a moldura de um gesto secreto, invisível e impercetível pela nossa imperfeição. De cada gesto se faria a nossa e a vida deles. Se abríssemos a terra da Sigridur, ela estaria ali diminuindo e sem gestos. Não valeria de nada que a víssemos daquela maneira. Porque seria tão diferente do que fora e mais diferente de mim. Talvez fosse isso o que significava a morte entre gémeas. Deixávamos de ser gémeas e quebrava-se a telepática relação que existira até então. A morte impedia a irmandade e as semelhanças. Justificava-se assim que ela nunca me tivesse dito nada, nunca me tivesse feito entender. Voltaríamos a ser gémeas mais tarde. Quando também eu me bastasse para sempre às costas dos olhos. Quando também me demitisse do poema.

Naquele instante, grávida, supliquei por mim. De perto ou de longe, que me deixassem todos, deus e a Islândia, a Sigridur e o Einar, os meus pais e as andorinhas zangadas, que me deixassem todos medrar. Precisava urgentemente do futuro.

Não é sobre o corte nas pernas que me interessa pensar, pai. O corte entre as pernas não foi sequer capaz de me afastar a pele, porque a pele imediatamente se soube juntar e reconstruir. O que me magoa é mais violento do que isso. Porque à minha mãe posso odiar sinceramente, perdendo-lhe a ternura, como se exercesse um sentimento honesto, sem problemas maiores. O que me magoa está por definir e tem-me aqui presa quanto me obriga a fugir. De igual modo me propõe a morte e a vida ao mesmo tempo.

As roupas limpas alertaram a minha mãe. Também uma leitura subjetiva da concretude do meu corpo. Mexeu nas roupas, contou o tempo, andou uns passos com o alguidar. Voltou atrás. Olhou-me, eu sabia que para os medos e para os ódios a minha mãe via-me o fluxo do sangue, o intrincado das veias, a espessura dos músculos, o trabalho do estômago, a presença estranha de outra alma na barriga. Para os medos e para os ódios, a minha mãe via pedras adentro e paredes e para as funduras apagadas no chão. Disse-me: estás desgraçada, rapariga, como foste capaz de te desgraçar. Eu, encostada na cama, deitando mão às malhas e apenas calada, devo ter pestanejado infimamente e de modo claro me acusei. Ela não insistiu.

Sentou-se no rebordo da cama como apenas se baixasse de estar mais fraca das pernas, com dificuldade de ficar em pé. Eu colocara uma camisola da Sigridur no seu lugar, ali restara para os dias e para as noites. A minha mãe recolheu-a. Parecia mandar a minha irmã sair, como quando queria uma conversa apenas comigo. Uma conversa para a minha particular educação. Eu puxei as malhas até ao peito. Não era de esconder nada, ou talvez me tentasse esconder toda na faixa pequena da lã. Esperei. A minha mãe agarrou-me num pé e puxou-me ligeira mas rigidamente a perna. Escorreguei um pouco e depois mais. Assentei os cotovelos e o tricot começou a cair-me, fiquei desconfortável. A minha mãe parou. Estava atónita. Os olhos abertos sobre mim como se eu estivesse ao fim de uma estrada. Distante. Afastada dela.

O meu pai saíra. Chovia e era noite. Eu sentia sempre a mão da minha mãe no pé, como se ainda ali estivesse. Não me atrevia a perguntar nada. Sabia que o meu pai haveria de voltar depois de ter acalmado o bicho do corpo na desolação dos fiordes. Batera a porta num soluço mudo. Eu não duvidava que o coração o desafiasse, a bater trocado por tudo, assustado, tão surpreso quanto nunca. A minha mãe sentou-se ao pé do fogo à espera. Acalmava-me que ela esperasse. Subitamente, levantou--se e veio observar-me. Ficou ali calada por uns instantes. Depois, prometeu-me que, enquanto eu dormisse, me tiraria a gravidez com uma borracha de desentupir canos. Ou isso, ou água a ferver, que também derretia o gelo que por vezes se punha a fechar os caminhos das coisas.

Pego-te pelas pernas ao alto e deito-te a água a ferver para dentro. Empurro com um pau de vassoura. Até afogares os monstros horríveis que possas ter a viver dentro de ti. E eu pensei que o meu filho seria lindo. Branco, de olhos translúcidos, um cristal no interior da cabeça, a criar um brilho intenso e as ideias mais inteligentes. Odiei a minha mãe em dobro. Fechei com as mãos o meio do meu corpo. Estremeci de medo e espumei de raiva como os bichos encurralados. Se a minha mãe me tivesse tocado, eu abater-me-ia sobre ela tão ridiculamente fraca quanto obstinada. Estava igual a um animal selvagem. As intuições motivavam-me a amar desmesuradamente o meu filho.

Quando o meu pai entrou, disse nada. Bebeu e a minha mãe bebeu também e amadureceram na mesa calados, como se fossem incapazes de falar. Fui ver como restaram tortos. Arrumei os copos, as garrafas. Tirei uma faca de perto. Se eu fosse forte, teria tomado os dois no colo para os deitar. Mas não lhes poderia levantar mais do que um braço. Afastei-me. Busquei novamente a camisola da Sigridur e estendi-a no seu lugar da cama. Entrei a minha mão na manga. Queria muito que as camisolas tivessem dedos mindinhos e que eu pudesse adormecer prendendo o meu dedo ao dela, como sempre o fizéramos. A Sigridur dizia que pelos dedos mindinhos os nossos corpos se afinavam. Acertavam as coisas genéticas para que não nos desviássemos nunca de sermos gémeas. Fiquei um tempo a olhar o vazio da cama. A lembrar como era quando estávamos ali as duas. Pensei que o meu filho haveria de sair da minha barriga e deitar-se ali. Depois, pensei que a minha mãe me faria mal à criança e senti crescente a necessidade de fugir. Senti que a família acabava de algum modo e de algum modo começava outra vez. Outra família. Como por prioridades de que eu não estaria à espera.

Agarrei na pequena moeda como assumindo a culpa. Apertei-a bem, sem chorar, e adormeci.

A minha mãe dissera-me que os corpos das mulheres se sujavam. Havia formas diferentes de engravidar. Por respeito, incumbia às mulheres a alma de uma criança. Por leviandade, haveriam elas de inchar as barrigas com animais ferozes sem tino nem compaixão. Era igual a estar a cozinhar uma refeição estragada por ingredientes malignos. O corpo da mulher aportaria o melhor de si, julgando candidamente participar na bela criação de deus, e o resto misturar-se-ia com a sua virtude milagrosa para a perverter com toda a maldade do mundo. Ainda que possa nascer uma criança, o aspeto de criança não devia enganar-me acerca da sua monstruosidade. Se não puséssemos agulhas por mim adentro, se não tirássemos o animal antes que se viabilizasse, haveríamos de o esmagar assim que me tombasse pernas abaixo. Ela repetia: esmagado com as tábuas pesadas, para ficar impedido de aludir a uma criança de verdade, para não enganar mais ninguém, nem pelo corpo nem pelo coração. Ficará destituído da maldade de nos iludir. Depois, escorreríamos o resto desfeito pela charneca até à generosidade do mar. O mar haveria de o dispersar pelas águas todas e pelas bocas discretas dos peixes. Como fazia com as ovelhas sacrificadas na fúria. A minha mãe, enfraquecendo sempre, temia que as nossas pessoas fossem ali acusar-nos de horrores. Como se continuássemos a degenerar, incapazes da paz depois que a Sigridur morrera. Disse-me: se não vier a sorte de te curares dessa maleita, eu toda te atiro inteira à boca de deus. Que deus te devore e decida quando te permita exalar a alma desse corpo estragado.

Ficaria caindo boca de deus abaixo. Infinitamente. Até que deus quisesse que apenas o corpo caísse e a alma ascendesse. Caminho arriba, ao contrário. Sentenciada e perdoada dos erros e da ignorância.

Voltei a dizer: se a mãe me tocar, mato-a. Éramos inimigas.

A minha mãe foi atirar flores à boca de deus. Andou charneca inteira, estrada acima até à montanha e montanha afora, meio dia bem contado. Enxotava-me. Nem o frio nem o gelo já fechando os caminhos a demoviam de avançar. Tempo e mais tempo a demorar. O vento terrível. O meu pai ficara em brados dizendo que as terras altas estavam adiadas. Demorariam meses até servirem novamente para as pessoas. Eram como nuvens pousadas. Uma tempestade feita a partir do chão. Nuvens no chão, carregadas de um temporal congelado, deserto. Mas a minha mãe, obstinada, levara flores das terras baixas, pequenas flores da charneca e algumas ervas mais excêntricas que sobravam improvavelmente. Tinha um ramo mísero que valia pela fúria mais do que pela abundância ou beleza. Mandava-me continuar. Eu, assustada, tropeçando, cravando as botas para não cair. E o vento estava tão admirado que entrava pela boca de deus como placas de ferro tombando. Moedas gigantes. Troava em longo eco, como se o próprio vento se deitasse ao infinito, enlouquecido, escavando mais, ainda mais, a rocha tremenda da Islândia. Como se o vento se matasse perplexo ante as ordens mudadas do mundo.

Para a boca de deus caíram as flores, enquanto a minha mãe se segurava atordoada e dizia que haveriam de perfumar-lhe as palavras, aquilo que pronunciaria para destino dos homens. Não que fossem palavras de serem ouvidas. Seriam sinais. Coisas boas que aconteceriam nos nossos dias. Era como pedir ajuda para termos sorte. E os cabelos da minha mãe soltaram-se e ela ficou como vassoura limpando o ar. O nariz vermelho, os olhos chorando, em gritos dizendo cada coisa, para que deus a ouvisse, para que eu lhe obedecesse. E eu toda me segurava para não descer ou alar à morte. Eu toda me pesava para proteger a minha barriga começadora. Cheia de medo de terminar a minha barriga. Porque me nascia alguém lentamente. Como se me tornasse alguém lentamente. Um poema a começar. Outra normalidade qualquer. E agradecera a sagrada escolha, a minha mãe igualmente, com ódio. Agradeceu com ódio a escolha divina. E decidiu que o sacrifício da caminhada, no outono feito, as últimas flores colhidas e para ali miradas, havia de me purificar a precipitação. A estupidez. Dizia ela por lá acima. A estupidez de avançar os tempos da vida. A minha mãe rezou com ódio.

Também era uma rapariga à pressa. Sabia-o. Tinha de o admitir e sofrer por isso o que houvesse de ser conveniente.

Puxou-me, vi a abertura tremenda, o som gutural do vento sempre soando como nó na garganta de deus, e já não havia flores, não havia nada. Apenas a fundura escurecendo mais e mais até não se perceber fim. Por um instante, julguei que a minha mãe me faria voar dali abaixo como bênção desesperada. Pensei que a Sigridur me aguardaria mesmo ao começo da escuridão, toda fantasma e bastante habituada à morte, uns segundos depois do gesto da minha mãe. Quase caí por apenas o esperar. O meu corpo balançado pelo vento, assustado, tão empenhado em salvar o meu filho quanto culpado de tudo. A culpa também era braço e mão que puxavam por mim. Talvez a Sigridur me suprisse do susto em um segundo. Talvez valesse a pena a morte. Estaria do outro lado, sossegadamente, liberta de tanta incapacidade para ser feliz. Se acedesse às investidas loucas da minha mãe, poderia simplesmente estar em fuga, até mais do que ela própria quisesse. Poderia matar-me por puro egoísmo.

Das irmãs mortas, afinal, eu era a menos morta e, grávida, estava menos morta ainda.

Eu dissera que me pus grávida sem maldade. Não acusei o Einar. Calava-me. Contara que me crescera a barriga e que me vinham dores como se os filhos aparecessem de dentro dos ossos. Sentia que me ia partir, dividir. A minha mãe, furiosa, amaldiçoando tudo, culpando-me da gula da sensualidade, acusava-me de não me ter limpa para o fardo belíssimo da alma da minha irmã.

As crianças não crescem dentro dos ossos, dizia, para desprezar as dores que eu jurava sentir. Os filhos não crescem dentro dos ossos. Crescem no mole da barriga, nessa parte sem nada para poderem ficar grandes. Muito grandes. Gritava-o de modo a assustar-me. Como se um filho na barriga de uma mãe pudesse ser maior do que a mãe inteira. Empurrava-me, eu suplicava que me deixasse caminhar mais lento. Que fosse lenta também. Ela, tão fraca e enferma, como poderia estar a conquistar o percurso difícil daquele modo, perguntava-me eu. Andava à força da fúria. Dizia que me doía o osso burro. Não conseguia caminhar tão depressa.

Queria que acreditassem ter engravidado de apenas estar sentada numa pedra, como se alguém de dentro da pedra tivesse vindo fertilizar-me sem que eu desse conta. Queria que acreditassem ter engravidado de apenas olhar para os homens, como se as coisas de ver tivessem uma tangibilidade, fossem um toque. Um toque nos olhos e isso bastasse. Como se ver fosse tocar. Fosse ter. Temos nuvens porque as vemos, não lhes chegamos, não as levamos no bolso para casa.

Aquela pedra ferrou-me. Disse uma vez, quando muito criança. Era porque me frustrava bater-lhes com os pés e magoar-me. Não entendia que a culpa era minha. Achava que pontapear uma pedra e magoar-me era culpa da pedra. Ferravam-me muito. Podiam bem ter-me engravidado, vingando-se. Aquela pedra vingou-se de mim, mãe. Ferrou-me só para se vingar de eu estar a brincar e ela não.

A minha mãe atirava as flores, ofegava, chorava, fazia-o como quem geria uma família terrível. Quando parou, disse-lhe que gostava da ideia de ter um filho. Não sabia se o queria como filho ou como amigo. Uma criança acabada de nascer serviria de certo brinquedo, entretenimento, uma coisa engraçada. Mas o meu corpo queria que gostasse daquele alto na pele. Ela talvez estivesse a atirar flores à boca de deus pedindo-lhe que me roubasse da barriga aquela alma. Estaria ali a pedir que eu voltasse a ser magra sem sobressalto algum. Sem nada. Vazia. Segurava uma mão na outra como se uma e outra mão fossem facas afiadas. Cortava o vento, poderia cortar-se, cortar-me, cortar a pedra, cortar a Islândia em duas.

As nossas pessoas mostravam uma compaixão esquisita. Sentiam nojo de mim mas não o poderiam manifestar. Era uma criança, ainda que grávida. E o Steindór chamava-me à igreja para que fôssemos amigos. Eu não lhe contaria nada. Jurava que me tinha tão virgem quanto a santa e que me dava tanta ternura pela vida quanto a ele, que via a possibilidade da salvação em todos os cantos. Eu imaginava os olhos do Steindór como se fossem feitos daqueles caleidoscópios de mil espelhos, porque o Steindór parecia ver em tudo uma fantasia e uma pista de felicidade.

O Einar perguntou-me: fazes segredo. E eu respondi: faço. Faz tu também. Até sermos mais velhos e podermos decidir sozinhos. E ele disse: vamos para longe.

O meu pai dizia que eu era uma mangueira branca grávida de uma gota de água. Quando me lavava e os meus pais vinham ver, inspecionavam-me à distância e comentavam o continuar tão estreita e ter uma bolinha pequena na barriga. Era isso que contava ao Steindór. O que sabia ser apenas divertido e sem maldade, o que não criava susto com a minha condição e me deixava antecipar a sensação boa de ser mãe. O Steindór, por seu lado, adulto e desconfiado, perguntava: e o teu pai pôs-te a mão. Era uma ideia nojenta. Ele pensava que poderia ter sido maldade do meu próprio pai.

Mais tarde, percebi que o medo da minha mãe era o mesmo. Nos meus sonhos, as mãos de morta ao peito, conversando com a Sigridur, imaginei a minha mãe suplicando as graças do senhor, atemorizada com o pecado hediondo do meu pai. E eu gritava como as andorinhas, tão zangada quanto triste, mas ela não me ouvia. Era a minha irmã que respirava por uma mangueira branca que entrava terra adentro até à caixa fechada. Como se respirasse por mim. E pela mangueira entravam pequenos bichos que lhe ferravam a boca e se lhe alojavam no corpo. A minha irmã engravidava e a terra levantava-se a ganhar barriga. As ovelhas passavam ali e subiam a barriga como subissem um pequenino monte. A minha irmã suplicava que lhas tirasse de cima para não perder o filho. Eu acordava fechada sobre mim. As mãos na barriga para que ele não fosse embora. Ainda com mais medo. Sempre mais medo. Talvez fosse a primeira perceção do amor. A barriga de terra ia abrir-se para o nascimento de um menino muito bonito.

Fui dizer à minha mãe que o meu pai não me tocara. Falarmos de poemas e transformarmos os fiordes em palavras era só um jogo, como se pudéssemos inventar o que já estava inventado. Dizemos palavras para sentir que as coisas aparecem pela primeira vez. Só porque falamos delas a primeira vez. Só porque nunca antes se usara uma expressão para alguma coisa que, afinal, não precisa de qualquer expressão. É um tipo de amor muito bonito. O meu pelo meu pai e pela Islândia e pela normalidade ou pelo poema. Ela, na sua periclitante instabilidade, bateu-me outra vez. Eu, urgente e indignada, gritava que não, não fora ele. Era o mesmo que dizer que fora outro homem, deitando abaixo as minhas ideias parvas acerca da gravidez sem causa. Comecei a chorar. Dizia que chorar me fazia mal ao filho. E ser esbofeteada também.

Se a minha irmã morta engravidasse, seria como a terra estar grávida. Uma ilha grávida. A Islândia inteira. Para construir uma criança ou um monstro, uma pedra ou um poço de novo fogo. A ilha grávida poderia ser normal. Era um poema muito intenso.

Num certo sentido, todos os homens começaram por ser uma mulher. A mulher grávida não difere do seu filho senão já tarde. E o filho apenas muito depois se apercebe de algum desajuste entre o seu corpo e o que o circunda.

Num certo sentido, elas são verdadeiramente o único género que existe, porque os homens são mulheres que desempenham um papel específico que a estratégia das próprias mulheres inventou.

Os homens são mulheres funcionalizadas, instrumentalizadas para um objetivo muito claro que apenas elas podiam traçar. Deixássemos a decisão do lado deles e talvez se multiplicassem de modo diferente, jocoso ou desrespeitoso. Um modo suicida. A preferirem usar a multiplicação para efeitos mais egoístas ou inconsequentes. Os homens talvez não preservassem a espécie. Ou, de qualquer maneira, se o fizessem, seriam mulheres. Um homem grávido poderia parir um arrevesado de peixe ou de arbusto, um arrevesado de pedra ou de pedaço de pau. Chegaria a uma felicidade aparente, infantil, uma felicidade da ignorância. Que é felicidade nenhuma. As mulheres, por seu lado, têm juízo. Elas sabem o que estão a fazer.

O planeta é feminino. O Steindór dizia assim: o planeta é feminino e apenas por ser assim se mantém em ordem. Pensei: o planeta. Estava habituada a pensar na Islândia de um modo mais sozinho. Como se a Islândia fosse quase sempre tudo e não houvesse além disso.

A seguir, explicaria o que me acontecera. O Steindór queria que todos começassem por entender que eu estava de milagre. A gravidez nunca era uma coisa má. Não o podia ser. Ela era a manifestação de um milagre a que as mulheres acediam. Com as mãos um pouco abraçando-me, confessei que me vinha ao coração uma vontade muito grande de partir o corpo. Alguém afirmou que eu me viciara na duplicação. Não tinha identidade própria. Era uma aberração. Queria fugir. Quem quer fugir já metade foi embora. O Steindór disse. Sou gémea da morte. Vivo com muito medo. Se a tristeza permitisse, estaria apenas em pânico. Sempre em pânico.

Contava-se que o nosso Steindór era de tal modo sensato, e substituía tão bem a necessidade de termos ali um prior, que até a morte se lhe fora confessar. Para tornar suportável o diálogo, na altura de elencar os seus pecados, a morte disse apenas quem era e o Steindór imediatamente intuiu a dimensão da sua pena. Contava-se que a morte ainda duvidara da capacidade de o homem a atender numa confissão de apenas um dia. Como era eterna, e como o homem ainda viveria bastante, estava disposta a voltar para confissão durante o tempo de um ano inteiro. Mas o Steindór da nossa terra explicou-lhe que a poderia absolver num só ato. Caber-lhe-ia apenas a honestidade na resposta. O Steindór, então, perguntou à morte se nascera para ser outra coisa ainda que o sonhasse tão intensamente. Ela respondeu que não.

Assim, o Steindór perguntou também às nossas pessoas se alguém poderia estar seguro do meu destino. Inquiria com essa simplicidade e singeleza. Se alguém sabia do meu destino, capaz de verificar o valor moral do que me acontecia, se me acontecia algo diverso da vontade de deus. Todos se calaram. Não era que me tivessem feito mal. Julgavam-me apenas naquele nervosismo silencioso, medroso, um jeito covarde de julgar.

Iam de perto para terem a certeza. Faz assim, diziam. Faz assim. Era para eu me virar de um e de outro lado e decidirem se ter a barriga um pouco inchada podia dar numa gravidez. A minha mãe confirmava: doze anos, tem doze anos. O espanto era geral. As nossas pessoas barafustavam indignadas e gemiam como se tivessem dores e olhavam para mim uma e outra vez. Não é nada, concluía alguém. A rapariga está mal disposta. Comeu alguma coisa. É magra, tudo lhe abunda no estômago. Amanhã está curada. A minha mãe explicou a roupa limpa, a intuição, a certeza.

Eu repeti. Não fazia mais do que andar com os alguidares, alimentar o gado no curral, subir à criança plantada, ver as águas, estar calada. Tão raras e escondidas vezes ia aos tanques que ninguém me podia acusar de ali andar entre os poucos homens das cervejas. Não havia memória de mim nessas atividades de escassa roupa. Passava pela minha vida feita de profunda solidão e tristeza. Era uma criança triste, sabiam todos disso muito bem. O Einar, que se deixara lá atrás, esperava. Com as ideias todas espirituais de engravidar virgem, as pessoas enfureciam lentamente. Mediam-se pela reação do Steindór. Escutavam o que dizia para sentirem conforme dizia, até serem incapazes de concordar. Então, começavam a barafustar novamente, e a duvidar de tudo e a perguntar se não devia ser mandada para Reiquiavique, ao cuidado da polícia, do hospital, da grande igreja, de uma escola qualquer. E o meu pai chorava discreto e a minha mãe ficava dura como os objetos e eu não fazia nada. Tinha medo. Segurava sempre a minha barriga como se desse a mão ao meu filho e ouvia. Deixava o dedo mindinho no umbigo.

Quando o Einar avançou igreja adentro, baralhado, orgulhoso de uma maneira esquisita, ele disse que tinha visto um homem estranho a rondar o meu sono. Um homem de outros lados que chegara perto da minha casa. Fora ele. Dizia com convicção para salvar-me. O Steindór colocou a mão sobre o ombro do Einar e respondeu: talvez tenha sido assim mesmo, um desconhecido que deixou um filho na Halldora enquanto ela dormia.

Jurei que não fora ninguém das nossas pessoas. Jurei por mim e minha irmã. Jurei-o encarando o Einar que, de alguma maneira, não deixou de entristecer por negar o que nos pertencia, como se o impedisse de aceder ao meu amor. Como se o rejeitasse. Quis pedir-lhe desculpa por ser tão nova. Por ser tão ridícula. Por ter nenhuma autoridade sobre os meus sentimentos, sobre o meu corpo e a esperança tão difícil de algum dia ser adulta. Eu queria muito pedir desculpa por não servir para nada. Para criança ou para mulher. Era um lugar de intermédio, sem autoridade nem submissão completa. Apenas um impasse. As raparigas aos doze anos eram ridículas.

O meu pai disse: foi o Einar.

Dois homens levantaram-se e empurraram o meu namorado tolo para a rua. Talvez lhe tivessem batido. Escutaram-se umas palavras abafadas. As nossas pessoas comentaram. Eu esperei. O Steindór deixou-me sair.

O Einar foi explicar-me que as nuvens andavam a juntar-se para cobrir tudo. Acreditava que as nuvens iam descer. Pousariam nos nossos caminhos, gordas, a tapar os lugares e a prender as pessoas em casa. Depois, as nuvens iam ficar pesadas e as casas iam abater. Até abaterem todas e as pessoas ficarem lá dentro, desfeitas em fantasmas. As nuvens comem os fantasmas. Achava o Einar. É o que as nuvens comem. Nunca podemos morrer. Ou então nunca podemos estar mortos num dia com muitas nuvens. Era como se as nuvens fossem de verdade bandos de fantasmas juntos. Muitos e juntos a pairar sobre nós, sem poderem falar, apenas chover, que era forma de carpirem exageradamente, à medida do desalento que seria a morte. Os mortos apenas choram. Dizia. Apenas choram.

A expectativa do Einar era a de que eu me libertasse. Ficasse do lado da vida, abdicando de estar auscultando a terra à procura da minha irmã. Queria que me habituasse à ideia de sairmos dali. Eu explicara-lhe que talvez me fosse impossível partir sem aquele pedaço de terra. O meu rosto, disse-lhe, é de terra. Sou escura, suja, horizontal, morta. Tudo quanto me põe a viver parece errado ou loucura.

Eu perguntei: viste como escapuliram com seus receios. Previam apenas coisas más. Elencavam ofensas e pensavam num declínio da povoação. Como se a rocha extensa dos fiordes declinasse, cabeça adentrando o mar para nos matar a todos.

As mães têm uma sonda que assinala os filhos num mapa emocional muito preciso. Assinala os seus movimentos, o próximo ou distante que estão. Dizia assim. As mães sabem. Como se tivessem um mapa em forma de coração, cheio de pequenas luzes avisando dos ventos, das tempestades, exposto diante dos olhos filtrando tudo. Antes de verem o chão e as paredes da casa, antes de verem o gado e os rostos dos maridos, as mães veem o coração onde mapearam os filhos e a partir do qual ponderam as tempestades.

Mandara chamar-me e começara com aquela conversa acerca dos meandros incríveis das mães. Elas são como terra debaixo dos passos dos filhos. Estão onde eles forem. Sentem-nos a cada instante.

Depois, perguntou-me: o que sentes tu. Diz-me, Halla, o que sentes.

Eu e a minha irmã comungávamos das emoções. Diferíamos em poucas coisas. Tínhamos, até por honra, uma cumplicidade para afinar as condutas e as expectativas. Caíam-nos os dentes de leite ao mesmo tempo. Eu já muito explicara acerca da impressão da terra sobre mim, a água, o ruído das ovelhas pastando. Mas não me decidia acerca do que seria a minha irmã sentindo. Onde estava, se estaria apenas ali a uns palmos do chão, se estaria longe a sentir-se bem ou se andaria aflita, matando e morrendo cada vez mais e carregada de ódio. Eu sentia nada. Sobretudo medo e nada. A sonda das mães, perguntava, não é mais forte do que a das irmãs. Talvez devesse a minha mãe saber melhor do que eu onde estava e como estava a Sigridur.

Rodava sobre a barriga a mão como um gigante no globo do planeta, e pensava que precisava de construir um muro em redor do meu filho. Um muro para ser contra bombas, contra o gelo e os vulcões, contra a inveja, as abelhas ou as bactérias, para ser contra a minha mãe e contra mim mesma, que era também instável e visionária.

Eu tinha as pernas finas, como canas que suportavam o ovo grande de nenhuns seios, apenas uns bracitos ridículos e o pescoço acabado pela cabeça. Era uma criança absurda. Um leite de criança. Branca. A pele a transparecer as veias. Os ossos crescendo com nós largos, como bolbos por articulações. Desproporcionados. A respiração difícil. Espiral. Um ovo, de verdade. Uma batata de gelo e ponta de fogo. Era uma gorda batata de gelo com ponta de fogo. Sentia medo de apodrecer. Diziam-me que tinha combustão. Um cubo de gelo com uma chama dentro.

Andava de mãos na barriga. Queria o meu filho. Carregava-o com cada pensamento. Não correria risco algum de o perder. Explicaram-me que, naquela idade quase nenhuma, a possibilidade de perder um filho era muito comum. O esqueleto da mãe podia partir-se. Podia vergar como as velhas que apodreciam as rodinhas da coluna. Podia vomitar o filho como um troço de carneiro que não fora capaz de digerir. Era tão criança que me dava susto pensar que com um sopro o corpo se me esvaziaria da gravidez. Como se eu não fosse um ovo, como se fosse apenas um balão. Dava-me medo pensar que a alma dele escapasse no exercício de respirar. Tinha um filho tão novo na barriga que talvez o seu conteúdo fosse ainda indeciso. Dividido entre completar-se ou desistir. E eu levava sempre as mãos à barriga e adorava sentir aquele peso e sentir-me pesada, e esperava todos os ínfimos sinais de movimento. Vivia ansiosa. Ansiava pelo meu filho como quem fizesse o próprio mundo nascer. Depois que nascesse, ele ocuparia o lugar inteiro do mundo. Seria o tamanho inteiro de cada coisa e tudo se justificaria pela sua existência. Pensei: será o dentro de tudo. Ocupará o vazio de tudo deixado pela Sigridur.

A minha mãe empurrava-me e exigia respostas. Era verdade que, em certas ocasiões, eu adivinhava o que a Sigridur fazia atrás das portas. Brincávamos de adivinhar. Era comum perceber na minha mão o que a mão dela agarrava. Ríamos. E eu enjoava enquanto ela se lambuzava de snudurs. Ela satisfeita e eu a protestar. Outras vezes, era eu que comia o hákarl, e comia mais e mais e o seu sabor azedo ficava-me na boca e ela acordava cheia de sede, a querer lavar os dentes durante a noite inteira. Só comes porcarias podres. Como os vermes.

Eu respondia-lhe como podia. Que estávamos desligadas. Estávamos mortas uma da outra. E a minha mãe batia-me sempre. Eu a segurar a barriga, carregada do meu filho pesado e quase pronto a nascer, e ela não me fazia pior porque estava cada vez mais apagada, a gemer nos movimentos, a queixar-se, chorosa e má.

Não admitia que dissesse que estávamos mortas uma da outra. Precisava, outra vez, que eu representasse a vida da Sigridur. Era imperioso que eu fosse a Sigridur também. E ela dizia: não tinhas este sinal. Quem tinha este sinal era a tua irmã. Aqui, no pé do pescoço. Aqui. Estás a ver. Eu fazia que sim com a cabeça. Calada. Ela parava de me bater.

Subitamente, iluminada, a minha mãe pensou que o meu filho seria uma tentativa de ressurreição da minha irmã. Enumerou as provas. Entre gémeos, a morte entrega ao sobrevivo a alma do que partiu. A gravidez sem homem acontecia como uma fertilidade interior, induzida pelo interior, sem mais ninguém. Uma gravidez que era decisão da alma. O sinal no pé do meu pescoço. A falta de notícias. Dizia: não recebes notícias da tua irmã porque ela está em ti, és tu, não difere de ti em nada. Pela primeira vez, não difere de ti em rigorosamente nada. Eu respondi: foi o Einar, mãe. Foi apenas o Einar.

Eu queria contar-lhe como aquele homem me tocara enquanto sentada tomava conta da sepultura da minha irmã. Queria dizer-lhe que o animal dele entrara em mim e me sujara. E queria dizer-lhe que a Sigridur nunca teve aquele sinal, que era meu, era uma pintinha preta que costumávamos dizer servir para ligar e desligar a cabeça. Fora sempre minha. A Sigridur dizia que era por isso que eu me concentrava tão bem a ler. Tinha um botão para cancelar o mundo.

Passou a mão na minha barriga de ovo imenso, onde o meu filho nadaria lento, sossegado. Verdadeiramente iluminada, uma e outra vez sentiu-me a barriga e sorriu. Sentia a fortuna de ter tido gémeas. A incrível cumplicidade das gémeas que haveria de lhe recompor a felicidade. Osso por osso, dente por dente. A construção da criança, subitamente, pertencia-lhe. Parou de chorar. Sóbria e má.

Tive cada vez mais medo da minha mãe. Ela achava que a vida voltaria a ser o que havia sido. Arrumou brevemente as facas. Sentia-se curada. Se o meu filho fosse o rosto da Sigridur, se crescesse à pressa para se pôr de espelho comigo, o milagre tinha vindo para que tudo seguisse com normalidade. Como se nada tivesse acontecido. Uma morte que não era nada.

O medo fez aparecer nos meus sonhos um pequeno monstro branco, peludo, o nariz comprido a arrastar pelo chão. Dizia-me sempre a mesma coisa: vim ensinar-te o essencial sobre a tristeza. Era um pequeno monstro como um brinquedo de aconchegar, um monstro de brincar. Tinha os olhos carregados de lágrimas e o susto que dava era só esse, o de ternamente impedir a felicidade.

Até então, e avisada pelo meu pai, esperei sempre os meus predadores criados pela decisão da Islândia. Os temperamentos da Islândia. Fossem as águas ou os fogos, fossem os ventos ou a pedra que se abrisse sob meus pés. Fossem os bichos de um elemento ou de outro. Os bichos da Islândia. O monstro que o medo criava, por outro lado, chegava de dentro. Sabia de coração cada gesto e pensamento meu. Sabia como me devorar. Parecia de uma página de texto. De um poema. Algo mal distinto entre a realidade e a fantasia, como todos os dizeres de todas as pessoas, escritos ou não.

Vinha caminhando entre as ovelhas. Elas sempre distraídas e ele sempre obstinado na sua dor. Vinha por sobre a terra, a terra pesava-me no corpo, os passos percutindo palmos abaixo, e eu tentava sair da caixa de madeira já desfeita e o monstro baixava-se, até bem junto às ervas, e dizia: vim para te ensinar o essencial sobre a tristeza. E eu respondia: sinto-me muito velha. E perguntava: posso ser nova outra vez. Em algumas ocasiões, talvez por crueldade, ele deixava o seu dedo pequeno na terra. Entrava um pouco como a sugerir que dormisse. A sugerir que sossegasse à custa de confiar nele. Mas eu não queria aprender tudo acerca da tristeza. Não poderia suportar o fardo de a conhecer por inteiro. Revelar o seu segredo seria como carregar para sempre a possibilidade de lhe sucumbir.

O monstro entrava o dedo na terra como a chamar-me da morte, para que dormisse enlaçada ao medo.

Para que tivesse apenas pesadelos e a vida fosse sobretudo permanecer assustada como uma pessoa candente. Queria ser meu gémeo. Imitava a expressão atónita do meu rosto e suspirava.

Caí da cama. A buscar o dedo mindinho do monstro, a confundi-lo com a Sigridur, a chegar mais, até cair sobre a barriga que estalou. Gritei. As cascas dos ovos partiam assim.

Houve um corrimento. Um curso pequeno de sangue que me desenhou uma linha na perna. Já eu levantada em horror, imóvel, à espera do meu pai que me ouvira. O sangue espesso cheirava intensamente. Eu, de mãos em concha, amparava o meu filho. Queria o meu filho. Gritava ao meu pai para que me ajudasse a não perder o meu filho. E o meu pai não entrava. Alguma coisa o estava a demorar.

Quando saí casa fora, a luz incidiu sobre mim como a pálida febre da morte. Pus-me no chão. Lembrava-me de a Sigridur dizer: a Islândia. Agarrei na terra, nas ervas secas tão rasteiras, pensei: a Islândia. E pensei que o meu filho ia falhar. Agarrei na terra, nas ervas secas tão rasteiras, e sujei-me barriga inteira. Como pude, cobri-me da terra e acalmei. O meu pai, que viu, julgou que as suas duas filhas tinham as almas irremediavelmente convocadas.

O meu avô também falecera de terra na mão. Dizia que queria morrer agarrado àquele sonho. Queria dizer a Islândia. Que a Islândia era um sonho como se fosse uma terra por cumprir.

O meu pai ajoelhou-se perante o meu corpo aviltante e chorou. Acalentava o desejo claro de que todas as coisas se corrigissem. Rezava pela correção de todas as tropelias, surpresas más, erros de pressa ou enganada decisão. O meu pai fora feliz, anos antes, jovem, apaixonado pela minha mãe, no tempo do piano, quando ela tocava e se vestia melhor, achava-se bonita, tinha futuro. Um futuro a definir. Ajoelhado ao meu sofrimento, era agora um homem encurralado. Impotente. Com os nervos a toldarem-lhe as ideias. Ainda generoso, mas confuso. Não escapava de si mesmo. Andava singular, e singular se predava, se abatia. Sozinho, o meu pai seria suficiente para se consumir. Para se acabar.

Ouvi-o dizer que a minha vida era uma extensão de cor. Como árvores. Milhares de árvores que pusessem o pé nos fiordes. Tinha uma visão. Repovoar a Islândia com árvores. Eu havia-lhe dito muitas vezes que adoraria ajudar. Ajudaria árvore a árvore. Até ser tudo verde. Ele respondeu que nos seus poemas tudo era verde. Depois, pensou melhor e acrescentou: ou vermelho. Os poemas tinham copas. Havia um vento suave. Soprava pelos poemas e alguns versos eram soltos como a caminho de outras ilhas. Talvez capazes de fazerem sentido sozinhos.

O peixe colorido no pequeno aquário era uma labareda de água. Os peixes são-lhe o fogo possível. Eu disse. O meu filho estaria assim, como também uma labareda dentro da barriga, ardendo. E o fogo parece sempre aflito.

O Steindór tinha um samovar sobre a mesa. Preponderava ao centro como uma figura monárquica, um objeto que mandasse em tudo. Servia chá e o chá sempre quente distribuía a calma. Parecia mandar que nos acalmássemos. Eu, contorcida, reparava no bonito da casa, o enfeite de cada coisa. Era uma casa com gabarito para uma rua. Só por surpresa se via construída nas charnecas perdidas dos fiordes. O Steindór dizia que cuidar da casa era como cuidar do encontro com deus. Achava que deus nos visitava a cada instante e que para cada visita se devia preparar asseio e sossego. Deus queria o sossego. Descia as encostas. Entrava. Devia ser uma figura cansada. Uma figura sempre tão ofendida. Lembras-te, perguntava ele, esperar por deus é o que nos compete. Aqui, estou à espera. O samovar fumegava o chá para o copo grosso e o vapor dissipava tão mágico quanto previsível. O Einar era o que dizia: ou nos levam de barco ao médico, ou a pequena vai desfazer-se, que anda a soltar sangues e tem coisas de água, barulhos como nas canalizações, uns sons de mergulho, assim bem ouvidos. Eu olhava para o pequeno aquário e mesmava-me com ele. Eu era um círculo fechado de água, habitada por uma labareda. Insistia: sinto que arde. Por dentro, sinto esse calor. Tinha febre. Suava. O Einar sofria por mim a pensar que eu morreria.

Talvez o meu filho se achasse capturado e quisesse fugir.

Tinha visto um livro de figuras com um crocodilo apanhado por redes e metido numa poça de água sem grande tamanho. Abria a boca furioso, a ferrar no ar. Talvez o meu filho mordesse na pequena poça de água da barriga. Teria vidências do futuro. Escutaria a tristeza dos nossos dias. Recusava-se a nascer para aquilo. Para ser o que éramos nós.

A chávena branca, entretanto vazia, iluminou o meu rosto como um feixe de luz lhe nascesse. Abria o sol lá fora. Pelo postigo, percebíamos que a manhã aquecia o pouco que lhe era permitido. O Steindór zanzou em meu redor, servindo mais chá e apenas pensando. Achava ser fundamental salvar-me. Os filhos, dizia ele, eram como redes atiradas à sorte. Os pais são garantias. Se eu perdesse a criança, haveria sempre de ter oportunidade de tentar outra vez. Tentar outra criança.

Não me sentia garantia de coisa nenhuma. A chávena encheu-se de novo. O seu calor reconfortava-me brevemente. A dificuldade do Steindór em decidir era frustrante e suficientemente esclarecedora. Não havia muito como despachar o meu assunto para fora da nossa povoação. Se me levassem para a vila, iam fazer perguntas. A minha idade era toda criminosa para a maternidade. A criança grávida, as nossas pessoas assim se referiam, vinha das aberrações quase sempre imaginárias dos fiordes. Não podia ser demasiado exposta ou discutida. Era bom que passasse quieta até ser maior, um tempo maior. O que rapidamente acontecia a todos, apressados de velhice num lugar onde pouco se fazia além de envelhecer a trabalhar.

Eu disse: este peixe é uma labareda na água. É muito bonito. É um pedaço de fogo a nadar. Por um instante, o nosso fiorde tornou-se uma redoma de vidro. Um universo inteiro que, com as suas tremendas lacunas, definia tudo. Voltei a apreciar a casa. O modo embonecado de cada pormenor. Apreciei o anfitrião. A benignidade que inspirava. Estava a ficar barrigudo. Dizia-se que as insónias o acordavam de madrugada e a impaciência pelo dia o punha a comer e a beber. Dizia-se que eram vícios de prior, como se ele fosse igual aos priores. Que não era. O Steindór era mais masculino. Ficara viúvo e escolhera não voltar a ter amores. Mas era um homem de tarefas práticas. Não servia apenas para conversas e metas físicas óbvias. Também o meu filho era uma meta física. A mais importante de todas. Eu precisava de chegar ao seu corpo.

O Steindór vivia numa casa enfeitada porque andava de martelo e pregos por todo o lado. Inventava ajudas. Pequenas criações que serviam para pousar objetos ou guardar comidas e lãs. Tinha um armário para a distribuição da carne. Como uma cómoda de gavetas por onde separava em partes os animais. A mim, parecia-me um cemitério ao alto, feito de madeira e arrumado num canto. Um cemitério de bichos estraçalhados. Em cada gaveta um bloco de sal. Dentro de cada bloco de sal, espesso como um tijolo de gelo, um naco de bicho. Em nossa casa, a carne tinha uma arca. Uma arca normal. Onde normalmente se guardavam as carnes e os peixes de consumo, sem originalidades. Por outro lado, como o meu pai, o Steindór tricotava as mais perfeitas montanhas invertidas nas camisolas. As suas camisolas eram impecáveis e havia até prometido tricotar uma para o meu filho, assim que ele tivesse corpo para a usar. Ao longo de toda uma parede, pequenos cubos soltavam linhas de bons novelos coloridos. Sentado ali, o Steindór haveria de ser como a agulha de um grande tear. Era isso, a sua parede estava meticulosamente transformada num bizarro e decorativo tear.

Depois, perguntou: e que mais. E eu respondi: a minha mãe mandou vir a minha tia. Escreveu-lhe há semanas. O homem abstraiu-se. Reparou no raro peixe de aquário.

Desapareceu da nossa conversa. Não perdeu a graciosidade. Estava apenas a pensar mais profundo. Sem palavras. A pensar de surpresa. Intranquilo. Eu imaginei que o Steindór tricotava peixes e que o peixe no aquário era de lã. Por isso tinha uma cor garrida, inesperada. Imaginei que, peixe atrás de peixe, o Steindór tricotaria para um mar inteiro. Um mar mais bonito, menos perigoso. Habitado por animais sem necessidade de comerem. Sem se devorarem uns aos outros.

Talvez fosse apenas que o meu filho, por instinto, me procurasse devorar. Se o meu filho fosse de lã, não me magoaria.

Pensei que não fazia sentido nenhum que os filhos magoassem os pais, as mães. Pensei que os filhos de lã seriam delicados, apenas profundamente encantadores e bons.

O Einar pediu: bendiga-me a rapariga, por favor. Bendiga-me o filho. O Steindór reagiu. Sorriu e levou-nos à porta, eu bendita. Cheia de dores. A despeito de não ser prior. Levantou a mão como santificando tudo adiante. Como se anunciasse um milagre. A felicidade.

Um dia, o Einar pôs um peixe num copo de brennevin. O peixe inchou e torceu-se, como um trapo a fazer um laço. Talvez agora pagasse o peixe com o filho. Eu disse. Depois, arrependi-me. O Einar não o merecia. Estávamos os dois corajosos a assumir tudo para toda a gente e a pedir ajuda e gostávamos um do outro porque tínhamos, mais do que nunca, motivos para gostarmos um do outro. Não merecia que eu o culpasse. A culpa era uma ideia feia que não saberíamos entender. Era mais justo que não caíssemos na tentação de a evocar.

Dias mais tarde, acordei novamente contorcida. As pernas mínimas remexendo o edredão. A minha mãe observando calada. Eu estaria em desassossego havia muito tempo. Aflita de me doer o corpo. Gemia. Dizia palavras pequenas. Pedia por mim e por meu filho. A minha mãe, subitamente, ordenou: não percas a tua cria. Se perdes a tua cria não tens perdão. Era porque achava que eu seria mãe virgem e que traria a Sigridur de volta.

As pessoas vinham saber o que acontecia e eu estava na cama, esticada em dores. Sujara-me de terra para me sentir mais calma e todos comentavam que delirava com estar numa caixa, a palmos para o fundo do chão, revoltando-me. Eu garantia que o meu filho ia germinar. Não dizia que ia nascer. O meu filho movia-se estranho. Procurava escavar a sua fuga pelas porcarias dentro do meu corpo. Mexia-me nos ossos, fossem os ossos as grades de uma prisão. Afastava-os. Apertava-os. Ferrava-me. A minha mãe assistia austera, calada, uma frieza desolada nos olhos. O meu pai, indo e vindo sem serventia, respondia apenas com suspiros às grandes perguntas das espantadas pessoas. Precisava de parir. Se a casca do ovo se partira, a criança dentro da criança tinha de sair.

Algumas mulheres tomavam panos para me limparem a terra da pele. Eu sentia que me cortavam. Achava estar exposta do avesso, os ossos e as carnes abertas onde ficava rabiando uma criatura indefinida. Não entendia porque não ma tiravam de cima, de dentro, porque não me voltavam a fechar, não me ajudavam. Não me ajudavam a regressar à infância. À desimportância da infância.

Ao fim de umas horas, esmurrei a barriga como se me fosse inimiga. Nas minhas ilusões, a Sigridur dizia: o monstro da tristeza vai nascer. É o monstro da tristeza que vai nascer. E eu não queria. Queria um filho de pernas e braços, olhos azuis, cabelo claro, sorridente, um cristal dentro da cabeça. Imaginava uma trapalhada de pelo branco dentro de mim, um nariz fino e comprido sempre fungando e lágrimas. As águas todas eram lágrimas. Eu gritava e o meu pai pedia que ficasse calma. Perguntava-lhe: pai, quem chorou o mar. Foram as baleias, pai. Quem choraria tanta água. E quem chorou dentro de mim. Quem chorou esta água toda dentro da minha barriga onde o meu filho agora afoga. Foi o meu filho quem chorou, pai. Se o fogo odeia, porque nasce o fogo dentro de mim, dentro de água.

Talvez tivessem sido os pássaros mais tristes quem levara os lagos para os topos difíceis das montanhas. Apenas os pássaros poderiam ter sofrido tanto em tão altos e distantes lugares.

A Sigridur dizia: não chores. O monstro da tristeza come as lágrimas. Precisa delas para viver. Mata-o, Halla, mata-o. E a minha mão recomeçou a bater. Depois, o alvoroço das pessoas em torno da cama desapareceu porque não ouvi mais nada.

A Sigridur dizia: os tubarões comeram as baleias e vieram para nos devorar também. Começam por dentro, pelos ossos. Têm um modo de meter a boca dentro dos ossos. E vieram para nos devorar. Como se fôssemos uma comida gigante, uma comida bastante e valiosa. Os meus ossos, bolbos gordos, desfigurando-me as pernas, os braços, os joelhos, os cotovelos.

Os tubarões comeram as baleias, os seus ossos, os ossos grandes das cabeças das baleias e os corações, imensos e ensanguentando os mares. Os corações nada violentos das baleias.

A mancha na barriga, uma marca escura na pele, parecia o podre da fruta. Uma fruta tocada. Como um filho que não tivesse sido colhido a tempo. Falhara tudo. Estava de fruto inteiro pousado na cama. Agarrava-o sem querer acreditar que tinha ficado louca o suficiente para lhe fazer mal.

O ovo partira. Diziam que era um ovo de serpente. Abriria para a eclosão das feras. Estaria para o mal.

As águas saíram fedendo de dentro de mim. Escorreram como mal cozinhadas, a coagular. Traziam sangue e sangue solidificado. Eram novelos vermelhos que tinham pequenos filamentos como anémonas do coração. Medusas. Monstros do coração. Perdi os sentidos.

Quando me puseram um filho quieto nos braços, julguei que o meu próprio corpo se tinha ao colo. Julguei que os meus braços se seguravam. O corpo quieto do meu filho ainda mal completo. Minúsculo. Enrugado. Uns gramas de filho que não se sustentaram. Estavam no pano postos como uma pressa inexplicável. Era um filho à pressa. A minha mãe disse: fazes tudo assim, maldita, fazes tudo como se fosses um bicho. Vou gostar de te ver morta como um bicho também.

E eu respondi: morra a senhora também, minha mãe.

O Einar veio gritar de louco ao pé da nossa casa. Souberam todos que eu estava de morte ao colo. Souberam todos como ele chorou e se enfureceu. O meu pai, punido, abraçou o louco. Deixou-o entrar. Eu disse-lhe: está morto. Agora, é mais uma coisa de deus.

Os monstros que devoravam os filhos dentro das barrigas das mães entravam pela incúria na administração do medo. O medo obrigava a uma inteligência melhor. As pessoas inteligentes lidavam de outra forma com perigos assim. As pessoas inteligentes amavam sempre melhor. O amor haveria de curar o medo em muitos sentidos. Haveria de conferir sentido à vida. Os monstros dentro das barrigas das mães disfarçavam-se de filhos e devoravam os filhos, como aqueles males que davam aos ovos que não resultavam num pato porque haviam sido invadidos por um verme qualquer. Os vermes haviam chegado ao meu corpo e ao corpo da Sigridur, ao nosso corpo. Deixáramos os vermes entrar no amor.

A pele da minha barriga estava solta. Era muita pele para nada dentro. E estava seca. Tocava-lhe, sem filho, sentia que o corpo se alheava de mim, como muito distinto de mim. Rejeitando-me. Uma casa assaltada. Não era alguém. Era uma casa assaltada. Um lugar que, subitamente, se desocupara. Um lugar que alguém rejeitara.

Para a boca de deus atirei o meu filho. Num pano branco o fiz voar, como andorinha apagando escuridão adentro. Andorinha de trapo. Fria e um nada pesada. Talvez luzisse ainda como lâmpada fraca no percurso infinito, caindo sempre. Talvez tombasse aceso, o meu filho, como certo anjo, no corpo interior da Islândia. Até ao estômago libertador de deus. Ainda percebi o trapo branco deslaçando, igual a pétalas abrindo, corola alumiando o pálido mundo dos fiordes. Era uma flor alva de pólen de carne. Desceu. Escureceu na boca de deus. Entrou para o lado absolutamente silente do poema.

Ficou apenas o vento à superfície. E nós. Eu e o Einar.

O que ali caía saía do mundo. Sem retorno.

O meu filho como andorinha cadente. A boca de deus como céu cadente. Andorinha de luz. Morta. Voando morta. Como se estivesse enganada. Chamei-lhe Hilmar, filho de Einar e filho de Halldora, e assim o encaminhei para fora do mundo. Sem retorno.

Ali me sentei, nem chorando, descansando os braços do berço triste que haviam feito.

Levara o menino nas minhas lãs, como uma ovelha ainda de barriga gorda. Assentando as patas no chão com minúcia para cuidar do seu corpinho desimportado e tão à mercê.

O Einar acreditava que, um dia, as coisas todas do mundo cairiam ali. O que não o houvesse feito antes, então o faria. O mar inteiro se entornaria à boca de deus, e as montanhas desfeitas e as casas misturadas com as pessoas e os bichos grandes mais os pequenos. A boca de deus sorveria o vento para sempre, também o sol e as luzes. Todas as luzes.

Pediu que lesse. Li, porque me competia rezar e não sabia o que rezar, cada palavra me condenava. A cada palavra, mais violenta me questionava. Era-me bom que as palavras não fossem minhas. E ele insistia. A saga de santa Margarida era para o bom parto, não para qualquer funeral. Mas o Einar queria encomendar o meu filho como alguém que decidira nascer do lado de lá. Do lado da morte, onde estaria diretamente agradado no mundo de deus. Apaziguava-se assim, por um tempo. Parecia uma sorte que nascer fosse o mesmo que entrar na morte, sem sofrer paulatinamente as agruras da vida. E eu li, também para me iludir. Enquanto o vento empurrava pequenas coisas secas, vadias, para a boca de deus e tudo tombava mesmamente para sempre, mistério adentro. Pensei que o meu filho voaria entre coisas boas e coisas más. Ocorreu-me que escuridão abaixo nem apenas flores cairiam. Talvez houvesse um caminho sujo para o meu filho. Um rio vertical que eu por ali deitasse não haveria de limpar com garantia o lugar cadente do meu filho. Talvez por causa disso, li a saga de santa Margarida com outro empenho. Precisando sempre dos santos. Dos mais humanos heróis de deus.

Disse-lhe que não aceitava mais ser criança. As crianças não sepultam filhos. Quem sepulta um filho não tem idade. Está para lá das idades, para lá dos tempos, tem uma posse do mundo que independe de todas as limitações. A intensidade de quem sepulta um filho é semelhante à das forças inaugurais ou terminais. Pode fazer e desfazer tudo. Legitimamente lhe é conferido o poder moral de começar ou de acabar tudo. O Einar temeu que eu quisesse saltar. Que saltasse para também morrer. Disse que não. Estava mais capaz de matar que de morrer.

Tínhamos água, um pouco de tubarão, carneiro. Demorámos um instante a pensar se a boca de deus falaria ou se estávamos igualmente despachados para o segredo eterno. Bebemos, comemos, os olhos como pedras cerâmicas, prestando atenção ao dentro da cabeça, ao dentro das imagens, o lado ainda mais vazio das coisas, para onde estaria o nosso filho, no lado vazio das coisas, como uma palavra que se perdia do significado. Ficava apenas para ser dita sem capacidade alguma de chegar ao destino. Diríamos o seu nome e ele nunca nos ouviria, nunca nos atenderia. Diríamos o seu nome apenas para encher a boca do seu nome. Mas nunca mais usaríamos a boca para o beijar. Pouco bebemos e pouco comemos, regressámos silenciosamente, tacitamente decididos a sobreviver.

O Einar disse-me: talvez a tua irmã o encontre. Há de encontrá-lo e ter oportunidade de conversar, ensinar-lhe algo, mostrar-lhe como ainda ser feliz. Lembrei-me do que a Sigridur me confessara. Que talvez a morte fosse inteligência. Consciência absoluta e inteligência. Uma coisa boa. A morte haveria de ser uma coisa boa. Feliz. Haveria de ser feliz.

Uma ovelha caiu. A montanha chorou-a como lágrima branca, gorda, que o mar não foi capaz de dissolver. Era uma lágrima velha, densa, à medida da tristeza da montanha, à medida da tristeza de quem a viu cair. Era raro que uma ovelha se perdesse para tão alto. Subindo rocha acima até balir desesperada sem ter como fazer caminho de volta. As ovelhas perdidas, avistando as casas ao fundo da encosta, saltavam convictas de que a sorte as salvaria. Queriam voar dali abaixo, que era o único modo de escaparem ao inverno e regressarem às rotinas dos homens, guardadas nos currais até que o tempo aquecesse. Eu e o Einar chegávamos. Parávamos diante da igreja e eu dizia que queria entrar mas ele pedia-me para falar aos meus pais. Falaríamos com eles apenas para os respeitar tanto quanto fosse possível. Eu dizia: meu pai. Ele incluía a minha mãe. A ovelha passou no íngreme da encosta, ali no lado alcantilado, a linha de horizonte vertical que nos disciplinava as vistas, media os tamanhos, fazia os medos. O rosto escarpado da montanha. Não havia outro ruído. Talvez o susto a emudecesse na queda. Era apenas um corpo submisso ao movimento. Como as estrelas cadentes que, quando avistadas, conferiam desejos. O Einar repetia: falas aos teus pais para que eles se contentem com isso. Depois, vivemos aqui. Arrumo o quarto, faço espaço, e precisamos de pouco espaço. O mais que ocupamos é no sofrimento um do outro.

Pensei que o Einar dizia coisas boas e perigosas. Coisas ingénuas.

Desci como a ovelha que se matava de vez por todas. Haveria de regressar outra. Outra pessoa. Uma lágrima de lã. Uma lágrima incapaz de secar, que não se desfazia entre os dedos, não se limpava com um pedaço de pano. Persistia. Chorava por si só. Significava a tristeza com o seu corpo inteiro. Eu, de camisola quente, arredondando-me, era uma lágrima de lã ao contrário da outra, porque era negra, feita de uma escuridão incondicional. E o Einar dizia que não. O cristal dentro da sua cabeça queria muito que acreditasse que ainda valeria a pena.

Chegara a minha tia. Deitada no lugar da Sigridur, ressonava como um homem e tremelicava de uma perna a ter pesadelos. Viera mesmo de Höfn, o outro lado da Islândia. Apoucada nas malas, parando no percurso por vários dias, para ver Reiquiavique, para ver Borgarnes, para temer a tempestade, para chegar dramática e sempre aflita. Chegara igualmente solteirona e larga, como uma mulher que comera um urso sozinha. Ressonava como se o urso ainda estivesse a refilar dentro dela, reclamando que o deixasse sair.

Atirei-o à boca de deus. Expliquei. Não fez nada. O pano branco abriu, igual a uma flor que se desse bem com a escuridão. Uma andorinha. Ficou voando pela boca de deus abaixo, mãe. O menino foi para longe. Estou muito triste, estou velha. E a minha tia acordou, empurrou o meu pai, a tomar lugar na mesa, e perguntou: tu não estás com uma anemia, uma pneumonia, falta de ar, cor de febre, diarreia, tu não tens os pés tortos, não te dão vertigens, andas burra, não estás com uma apoplexia igual à da tua irmã. Pareces acabada, rapariga. E eu respondi: não. Eu estou bem. Não estou com uma apoplexia.

A minha mãe disse: é uma malcriada, não me obedece, perdeu o juízo, saiu-lhe o senso por trás. A outra perguntou: e tu não lhe deste no focinho, não a puseste no peixe, no gado, tu não a mandaste tricotar, não a puseste a dormir e a acordar cedo, porque é que tu não lhe acertaste com uma vassoura e a apodreceste com o tubarão. Que diabo andou a fazer esta rapariga para se ter com este aspeto de estragada. O meu pai, irritado, protestou. Queria que me deixassem sossegar. Achava que eu entraria, ocuparia o meu vazio na cama, dormiria como apagando o passado, para começar tudo outra vez na manhã seguinte. Começaria a adolescência outra vez, certamente mais convencional, esquecida das coisas plangentes. Diferente. E eu disse: vou embora. Ou salto como as ovelhas perdidas. Nunca serei uma lágrima branca, de lã sem culpa. Não cairei com a ilusão da leveza do algodão. Cairei magra, como uma pedra magra a partir-se em mil bocados. A vida já me tornou mesquinha em muitos sentidos. Pai, estragou-se muito o meu poema.

A minha tia fugira dali havia muitos anos. Contava-se que subira a montanha com o homem com quem deveria casar e que regressara sozinha. Se o homem partira ou caíra a alguma funda não se sabia. Voltara sozinha, andou calada uns dias e depois deu-lhe uma fúria qualquer. Resmungona e de mal com a vida, pegou numa fotografia e em duas roupas e foi para Höfn, onde lhe prometeram trabalho em casa boa. Dizia que fora uma sorte chegar agora. O mar estava revolto e o barco ia entornando, a querer morrer inteiro. Naquela altura do ano, a estrada de terra que vinha para Bildudalur já se fechara. As chuvas escavavam as bermas, encolhiam a passagem que ficava como um pedaço de fio nos lugares mais elevados. Para o nosso extremo, ninguém punha ideia de viajar. Era só de uma pessoa obstinada como ela o querer chegar no inverno. A minha mãe perguntava: não te faz diferença, não te despedem. Ela respondia: estou de férias. Tenho férias para muito tempo, se em oito anos nunca parei de trabalhar.

Entrou o Steindór. Pediu-se de desculpas, queria falar. Cumprimentou as mulheres, estendeu a mão ao meu pai, sentou-se também. Fiquei a ver como pingava no chão. Os pés muito grandes, assentes como estruturas de casas. O Steindór andava a ficar com tamanho para edifício.

Uma coisa de pedra ou madeiras de barco. Por ser o homem mais educado do mundo, ele acalmava os lugares. Fazia bem. Até a mulher urso se lentificou na sua pressa para uma zanga qualquer. O grande homem sensível mudava a grande mulher bruta. Eu sabia que ele viria assim que escutasse a notícia da chegada dela. Eu sabia. E ela engrandeceu os olhos e viu-o embasbacada.

Foi estranho. Os dois a esticarem a coluna, com o jeito de quem queria ficar elegante, mais jovem. Ela a enrolar o cabelo, absorta, igual às cachopas. Ele metido numa roupa mais lustrada. Visitava os meus pais com ar de domingo. Alguma coisa ali lhe adomingava a alma. Tinha sido muito fácil de o perceber. Estava cheio de retóricas, a demorar, aceitando brennivin, bebendo quase em festa, à revelia do desalento da nossa casa. Havia uma alegria incontida no Steindór. Um sentimento muito pessoal que não podia demitir-se por falta de licença dos demais. O Steindór gostava da minha tia ursa, monstra, ressonadora, bucha, de patorras pesadas a andar como um ogre mal-intencionado. Gostavam um do outro. O bom homem e a má mulher. Gostavam um do outro como se não houvesse juízo nenhum no santo que destinava os amores. Decidia coisas ridículas. Mais do que improváveis, eram ridículas. E ela até disse: se viesse mais tarde, teria feito snudurs, com recheio. E ele sorriu e respondeu: seria uma honra interromper por isso a minha dieta. Mas ele não estava de dieta nenhuma. Comia muito e contínuo. Era um comedor. Dava-lhe para mentir só para ser engraçado.

Depois, explicou que o Einar se metera igreja adentro a sofrer de ansiedade. Gostava da rapariga. Dizia assim: gosta da rapariga. Ela é nova e ele será sempre novo de muitas ideias, mas tem-lhe amor, e o que lhe podia ter feito de mal já o fez, agora parece que a rapariga também o quer. Não é algo muito fácil de se aceitar, mas para os nossos lados as bizarrias e originalidades não são novidade. Eu acho que devem deixar a rapariga ir à vida. Desde que a outra pequena morreu que esta só vai morrendo também. Caro Gudmundur, a sua filha pôs-se a crescer depressa.

O homem que instruíra a morte, o sábio da nossa terra, achava que a minha vida podia começar.

A minha tia, como quem vendia o gado barato, gritou: leve-a, é melhor que a leve, se é assim por uma coisa dos afetos. Estava como se dissesse para que a levasse a ela, por paixão. Despachava-me como para trabalho. Como se eu pudesse seguir caminho sem coração. Como se dissesse: guarda-se o coração da pequena aí numa gaveta para que não se perca, e ela que siga a servir quem dela precisar, porque aqui está desperdiçada de tudo. Já ninguém a ensina a ser melhor.

Abria espaço. A minha tia abria espaço. Ficaria, gorda e ruidosa, com a cama inteira para si. O coração completo das irmãs gémeas a dormir, os dedos mindinhos laçados, esmagado sob o seu peso insensível. Naquele lugar onde sonháramos juntas, abater-se-ia a mulher urso. Com a licença da tristeza, mais do que a pedir para me deixarem sair, senti-me mandada embora. Atirada à rua sem maior remorso. Ao ver a porta aberta parecia-me a porta fechada ao regresso.

Abracei brevemente o meu pai e ele pôs-me na mão um poema. Estava num papel muito dobrado, secreto, como se pudesse ser o mapa para encontrar um tesouro. Escondi-o.

Venho para te cortar os dedos em moedas pequenas e com elas pagar ao coração o mal que me fizeste. O pior amor é este, o que já é feito de ódio também. O pior amor é este, o que já é feito de ódio também. O pior amor é este, o que já é feito de ódio também.

Andei comigo as coisas nenhumas que me pertenciam. Levei a camisola da Sigridur. Olhei para a casa como se a deixasse absolutamente vazia. Senti que a Sigridur era o passado. Estava posta no passado igual a ter-me abandonado. Afinal, pensei eu, a morte não tem sequer inteligência suficiente para te deixar falar-me. A morte é egoísta. Talvez nem te deixe passar perto do menino. Talvez não reconheça direito a nada. A morte não dá direito a nada. É a supressão de toda a dignidade.

Subi com o Steindór. Ele carregando o embrulho que eu fizera. Eu permitindo a chuva. Queria muito molhar-me. Lavar-me na rua. Queria ser também uma lágrima das montanhas, uma lágrima dos fiordes a esbranquiçar que, afinal, ao invés de tombar ao mar, desistindo, subia de regresso até aos olhos, humedecendo-os, dando-lhes vida ainda, para seguir. Para continuar.

Confessei: quando vi a ovelha cair, pedi um desejo, como se faz com as estrelas. O Steindór respondeu: hoje, também eu pedi um desejo. Eu percebi que o Steindór era tão boa pessoa que até gostava da minha tia. A pavorosa tia que gulosamente deglutia o mundo. Pensei que aquele homem era capaz de amar qualquer estafermo. Tive muita pena dele. Fomos o resto do percurso a fincar as botas no chão meio gelado, a esboroar como areia de vidro. Sob os pés tínhamos o futuro. Achei assim. Ia o futuro inteiro no trajeto que traçasse. A vida, agora, era a direção que eu lhe conferisse. Estava com doze anos, faltava pouco para fazer treze, não me via como uma criança. Era uma mulher tão completa quanto apenas a tristeza as sabia fazer. O Steindór não se impedia de sorrir apaixonado. Eu não me impedia de chorar.

Mais tarde, soube que a minha mãe se sangrou demasiada e louca. A meio da noite acudiram-na com cuidados e quase a perderam. Seria o seu modo de me deixar partir. De me perder. Tive muita vergonha de lhe querer mal. De imaginar que ela pudesse morrer, matá-la, gostar que não estivesse mais ali. Por outro lado, o Einar disse-me que não devíamos amar muito o Steindór. Que era importante não esquecer que ele lhe fizera mal. Não se lembrara de nada novo. Sentira apenas que a chegada da minha tia seria terrível para nós. Confessei que lhe agradeci as atenções. O Einar afirmou: não. Ao Steindór não devemos agradecer nada. Vamos odiá-lo quando soubermos de cada coisa. Depois, vamos desejar que morra. Eu respondi: não digas asneiras, Einar. Nunca mais voltarei a desejar a morte de ninguém.

Deixei de apertar a moeda para dormir. Havia comprado com ela a vida. Limpa ou suja, toda eu me pertencia. Talvez por isso o ódio deixasse de ter sentido. Porque o que viria a ser dependia do que decidisse. Os sentimentos educados, lembrei, os sentimentos educados fazem caber em outras classificações o que nos frustra ou irrita, o que nos agride e mesmo o que nos pode combater até à morte.

segunda parte

Deitei-me ao pé do Einar e ele encostou-se e não falou nem fez mais nada. Era uma parede.

As nossas pessoas diziam que estaria bem na igreja, como se a igreja fosse um cemitério. Os tolos não vivem por completo. A Halldora, a menos morta, filha de Gudmundur, não vive por completo por todos os motivos.

Assombrávamos. Eu e o Einar. Éramos aberrações e apenas assustávamos o mundo, sobretudo legitimados pela piedade do Steindór, que nos atendia ao conforto possível, os restos de comida, o destino dos afazeres espirituais. Éramos suportáveis apenas pela dimensão espiritual do sofrimento. A expectativa sempre custosa da fé.

Abríamos a igreja aos domingos, ainda que os temporais não deixassem entrar quase ninguém. Asseávamos tudo com minúcia. Afastávamos a neve da porta, arranjávamos uma clareira como se fosse um jardim outra vez. Os mais persistentes do pouco povo entravam e diziam bom dia por sobranceira resignação. Eu e o Einar, expressivos, tínhamos muito de insuportável. Sofríamos demasiado e demasiadamente isso se expunha e os incomodava. Necessitavam de tempo para se habituarem.

Quando o Steindór chegava, sempre capaz de transpor os temporais, invariavelmente predisposto ao sorriso, cumprimentava cada pessoa e preparava o altar para a missa de conversa, como lhe chamava. Por não haver prior, as missas eram apenas encontros muito subjetivos, inventados pelo Steindór para manter as crenças e a guarda fundamental de deus. Ele cantava poemas, todos se maravilhavam. Faziam-se promessas de arranjo do órgão. Apresentavam-se as queixas do costume, do gado mal guardado, o frio, o longo do inverno, a confusão nas águas, o mar que gelara no ponto interior do fiorde. Podia atravessar-se de montanha a montanha a pé, afirmavam. Em Bildudalur, desde o cemitério, ia-se num rebordo até ao lugar do aeródromo pela franja congelada do mar. Todos riam. Não era muito comum. O mar arranjava facilmente modo de se mexer. Para congelar, tinha de estar muito frio. Contava-se que ficavam peixes mortos nas águas que, de surpresa, se sustinham. Visto ao pé, o mar parara a vida de muitos animais e não os salvaria quando, num dia mais quente, voltasse a fluir. A vida não se podia adiar.

Eu ouvia os comentários admirados. A menos morta está mais pálida, vai dar-lhe uma falta de sangue e tomba. A menos morta está mais gorda, já deve andar de esperanças outra vez, ainda tomba à segunda por ser a burra que é. A menos morta tem um olho pisado, aquilo deve ser o tolo que lhe bate, e que bata, a ver se ganha juízo, que lhe faltou muita educação. Vai tombar.

A mais morta está abandonada. Puseram-na lá em cima e agora não querem saber. A mais morta, quando apanhar esta do lado de lá, também lhe vai dar muitas no focinho. Deve odiá-la. A mais morta deve odiar a irmã e deve estar à espera que ela tombe de uma vez por todas.

Naquele domingo havia bolo. A Thurid andava irrequieta. Quando era assim, fazia bolos. As pessoas falavam com a boca cheia. Enrolavam as palavras como se lhes desse uma crise muscular ou fossem cães a aprender a linguagem dos homens.

Deixei de ir à criança plantada. Mesmo nos dias mais aliviados, quando o caminho estava definido, o gelo abrindo ao pouco sol, eu abdicava de ali subir. Valia de muito pouco intensificar ainda o amor pela Sigridur. Não acontecia nada à revelia de deus, por mais que o afeto de alguém o merecesse. Não acontecia nada à revelia da morte, a silente figura do mundo, participante muda, cretina, criminosa jogadora. Competia-me, compreendia muito bem, a vida. Ainda que a vida fosse uma manifestação muito ténue, quase de má vontade.

O Einar, atrapalhado entre ser tolo e apaixonado, afirmava que gostarmos um do outro nos salvaria e traria a felicidade. Eu, atrapalhada com ser ainda criança e ter dentro toda a dor do mundo, sentia compaixão por ele. Como se lhe fosse muito mais velha, muito mais lúcida, e pudesse disfarçar ao menos que acreditava no que acreditava ele. Era para que a aparência de algo bom pudesse convocar algo bom ou, talvez, afastar as coisas más que nos cercavam. Disse-lhe que não queria subir à criança plantada. Se fizesse sol, se por um dia viesse o sol e fosse possível caminharmos, queria ir ao cabeço espiar o mar e sentir a força do vento. De qualquer modo, expliquei, era o lugar onde a Sigridur gostaria de estar. Era ali. Talvez com as baleias à vista e o tremendismo todo da nossa terra. E disse-lhe que pensava irremediavelmente em fugir. Que fugiria sozinha, por mais que isso nos magoasse. Ele chorou. Vou deixar-te um dia, Einar, a ver a desumanidade no mundo. Que o mundo acaba para os homens, como jura o meu pai, e eu quero saber de que animais se habitará. Não quero ficar guardada de nada. Vou ver os animais de perto.

As nossas pessoas sentavam-se nos bancos limpos e barafustavam umas zangas e olhavam para um e para outro lado e não queriam reconhecer que a igreja estava mais bonita. Tinha mão de mulher. Espalhavam os casacos alagando o chão, arrastando os pés, desprezando o contributo, obrigando-me a refazer o trabalho. O Steindór talvez o percebesse. Pedia que todos se aquietassem para que pudesse iniciar a conversa. Escolhia textos para ler. Pequenas histórias com moral. Ideias breves para as condutas que eram de inculcar no pouco povo. Haver um povo tão pouco implicava uma disciplina de rigor. Urgia valer por quem nos faltava. Conscientes como ninguém que os elementos eram também vivos, nem só da paisagem nos faríamos acompanhar. Para urgências da cabeça e do corpo era essencial que houvesse gente de ouvidos e braços. Para a solidão, era fundamental perceber o quanto da Islândia era entidade, coisa de ver e pensar, dotada de memória e a planear quietamente o futuro.

A religião era uma forma de teimosia. As preces faziam-nos perseverar. E acreditar que deus se ocuparia também dos nossos destinos era uma casmurrice, talvez. Uma pretensão toda a dar-se importância. Tão pouca gente podia ser uma coisa grande no tamanho da alma. Mas eu não conseguia acreditar nisso. Achava-nos tristes. Ridículos. Deus certamente bocejaria se assistisse ao espetáculo pequenino das nossas vidas. Estaria indubitavelmente olhando para outro lado, para outro lugar. Mesmo enquanto o Steindór cantava ou lia poemas que explicavam boa parte das coisas mais secretas do universo. Deus devia estar ocupado com mais gente. Lugares de mais gente. Onde verdadeiramente alguém se revelasse excecional e admirável. O meu pai, que era poeta, ou o Steindór, que tinha coração de ouro, haviam de ser banais perante a grandeza dos de outras terras. Talvez fossem maravilhosos apenas porque não havia mais ninguém.

A Thurid mexia no órgão. Era sempre assim. Dizia que arranjaria o órgão à força de o observar. Aprenderia tudo sobre ele. Era mais triste ainda do que nós. De boca cheia de bolo, refilando como tonta. Queria o órgão arranjado para tocar as variações. Ia ser melhor do que o Glenn Gould. Fazia barulho, agora e depois, e sorria, desculpava-se, prestava atenção ao que o Steindór lia, voltava a concentrar-se. Pesquisava o órgão como um animal de tripas à mostra. Haveria de o ressuscitar. Perguntava-me: sabes quem foi o Gould. Eu encolhia os ombros. Sabia mal. Ela achava que precisava de tocar para me salvar. Ia salvar-nos a todos daquela cruel surdez, que era igual a uma recusa de alma, um boicote à plenitude. Como se não haver um órgão ou um piano a funcionar fizesse de qualquer lugar um vazio no mapa de deus. Acredita que deus ainda pensa em nós, perguntei. O mapa de deus é infinito, é preciso que saibamos caber nele a nossa terra, e isso não se faz com abrir para aqui caminhos nem aumentar o tamanho ou o número das casas. No mapa de deus as coisas aparecem pelo admirável do engenho, a candura, a aventura da inteligência ou da intuição. Eu respondi: ando a pensar que deus não reparou que aqui estamos ou nos mandou para aqui exatamente para não ter de reparar. Não há como aceder ao seu mapa. Somos o inóspito das montanhas. Devemos estar ali como um borrão negro sob o qual não se percebe nada. Talvez deus pense que por aqui passa apenas uma tempestade. Talvez espere que se acalme o tempo para deitar os olhos e conferir a criação. A velha Thurid nervosamente pressionava uma tecla como se aquela tecla houvesse de soar por milagre, como se houvesse de dissipar o temporal e de fazer claridade sobre o nosso lugar no mapa divino e tão imaginário. Não se desmotive, peço-lhe muita desculpa, eu é que tenho dificuldade em fazer coisas maravilhosas e encho-me de dúvidas. A senhora pode fazer essa coisa maravilhosa de tocar como o Glenn Gould, ou melhor. Eu vou estar aqui atenta para a ouvir. E vou ficar feliz por si, por nós. A velha Thurid disse: tu lava-te, come, reflete sempre melhor acerca do que decides, fala menos, hás de envelhecer como todos nós, não é difícil, vais ver. Sorriu. Fiquei-lhe muito grata por isso.

Havia o casal das eletricidades. Um homem calado e uma mulher sorridente que tinham uma casa carregada de fusíveis e postes de luz. Brincando, costumávamos dizer que era o senhor apagado e a senhora acesa. Sentavam-se sempre igualmente assim. Ele a rejeitar o mundo pela anulação e ela a rejeitar o mundo por se achar melhor, mais esperta, mais feliz. Sorria como por uma maldade feliz, espevitada, abelhuda. Eu não quero ficar ao pé da porta, dá-me o ar. Não quero ficar ao pé das janelas, dá-me a luz. Não quero ficar naqueles bancos, dá-me a dor nos joelhos. Não quero demorar, dá-me pena deixar a alma à espera. Não fico ao pé do órgão, está rouco, dá-me cabo dos ouvidos. Olhava para a Thurid e chispava dos olhos.

Atrás, sempre muito atrás, a viúva Gudlaug. As roupas muito coloridas, disparatadas, a memória do marido como uma alegria. Dizia que se lembrava dele com gratidão. Por isso se enfeitava como para as festas. Gostava de ser um lugar de constante euforia. Como uma criança normal. Uma que brincasse com a vida. Dizia-se que era a noiva do Samuel Jónsson e que, depois de morta, iria assombrar Selardalur. Ia certamente para a casinha de bonecas que ali estava.

A velha Thurid martelava no órgão, o Steindór deteve-se e ela começou a explicar que aplicaria uma mirabolante escala cromática. Andava a corrigir as propostas dos grandes estudiosos e compositores, achava que determinados acordes tinham mais de azul do que previsto até então, e era isso, o azul, que haveria de irromper das variações até quase ressuscitar o próprio Bach. O Steindór retorquia: essa coisa das cores não existia no Bach, para quem o mundo se construía matematicamente. As cores são demasiadamente emotivas. As emoções de Bach vinham dos números, dessa necessidade de garantir a perfeição. A perfeição como engenharia, como uma disciplina de rigor. E a Thurid barafustava, a desbaratar a nossa missa de conversa, porque o rigor era um conceito ridículo para o espírito, o indecifrável espírito que haveria de transgredir todas as regras e tudo quanto alguém algum dia julgou aprender e poder ensinar. Dizia que o engenho não se descasava da emoção. Como se Bach não chorasse com o magnífico da sua obra. Bach chorava, gritava ela como doida, Bach chorava. As cores não se inventaram pelas luzes francesas e não serviam para reduções científicas. São relações antigas. Elas servem para grandes aumentos interiores. Intensificações. Modos de virmos cá fora. Só assim se porá fim a uma humanidade de sensibilidade daltónica. Até o Bach agora reconheceria o quanto descurou a importância cromática do teclado. E choraria. Gritava a velha. Batia nas teclas mudas como se o ruído do órgão morto pudesse apelar à memória do verdadeiro som, do som equilibrado e musical. Mas o órgão morto soava a um animal estúpido e engasgado. Um animal que levasse umas pancadas na cabeça e não gostasse nada disso. A velha batia-lhe e aquilo não melhorava e as pessoas começavam a rir-se, divertidas, e ela furiosa achava que desperdiçava a sua erudição com um bando de malcriados sem grandeza para a música nem para o espírito. Gente sem gente dentro. O Steindór sugeriu que se cantasse mais um poema. A Thurid acedeu. Prudente. Escutou fungando, à espera. Certamente via-nos a todos a arder no fogo do inferno.

Eu sentara-me atrás, no último banco. O Einar vinha e encostava-se ao meu lado. Era sempre uma parede. O Steindór havia arrancado páginas do livro do Kjarval para colar reproduções das pinturas na igreja. Achava que colaria uma no peito do Einar. Eu gostaria. As pessoas reparavam como as imagens do Kjarval mudavam o interior vazio da igreja para um somatório de visões. As paisagens pintadas pareciam espreitar o espírito da casa, o que fazíamos e pensávamos ao mesmo tempo. Eram como olhos espiões da Islândia. A Islândia tomando conta do que acontecia e de como nos haveria de culpar. Enquanto ouvíamos o poema, eu pensava que a solidão aparente em redor estava como bicho aninhado. A solidão era uma estranha companhia. Alguns poemas falavam disso.

A viúva Gudlaug, de se arrastar no banco para um lado e para o outro, prendia as malhas nas imperfeições da madeira. Podia magoar-se. Dizíamos sempre que era preciso polir os bancos. Lixar os bancos e depois voltar a envernizá-los, para serem amaciados e educados com as malhas. Mas a Gudlaug não parava de se mexer porque queria ter motivos para se queixar e contar quanto tempo gastara a tricotar cada peça e como o fazia enquanto tributo ao seu falecido marido. Por causa de ela assim se mexer, eu e o Einar inclinávamos a cabeça, ora para a direita, ora para a esquerda, tentando não perder o Steindór. Ai, o meu marido ainda me vê, e há de ver-me sempre bem-vestida para o receber. Ai, o meu marido era perfeito, falava perfeito e pensava perfeito, e eu era a razão para a sua inspiração, estou certa de que ainda o inspiro na morte. Sou a sua musa. Sou uma mulher que ensina à morte muito acerca da beleza e da dignidade. Vou voltar a tricotar as roupas, estes bancos são um horror para quem aqui vem de coração nas mãos, sensível. Importa mais que nos sentemos em sossego do que voltar a ter o órgão. A música não nos veste.

Terminado o poema, a Thurid outra vez procurava ressuscitar o instrumento morto. O senhor apagado e a senhora acesa bufavam e era quando a Gudlaug protestava em alto som: estes bancos estão velhos e o bolo está seco.

Reparei no suor do Einar. Suava como até então não acontecera. Aproximava-se do Steindór e tremia um pouco. Hesitava. Ficava mais reticente, como à espera do significado das palavras. Entendia tudo mais devagar ainda. Estava assustado. Mas não com algum mal que lhe pudessem fazer. Assustava-se com a convicção crescente de que ele haveria de fazer mal aos outros.

Confessara-me que, um dia, mataria o Steindór. Eu respondi: e ficas preso a vida inteira, sem mais nuvens nem baleias, sem os tanques nem livros com as pinturas habitadas do Kjarval. Ficas preso sem mim. E tu não vais fugir. Não dizes que me deixarás aqui sozinho. Vou matar o Steindór e ficar a olhar para o seu corpo quieto a ver se a amizade que tem com a morte o devolve à vida. Depois, atiro-o à boca de deus. Não servirá para ir buscar quem lá caiu, mas tenho a certeza de que vê-lo cair me será bonito. A beleza pode ser uma tirania. Devemos dar-lhe maior liberdade. E parou de suar. Todos haviam ido. Era quando a igreja parecia simplesmente uma casa. A nossa casa excêntrica.

Se não fores embora, eu não mato o Steindór e ainda o perdoo. Se não fores embora, seremos pessoas absolutamente normais. Seremos sempre normais, Einar, não teremos a capacidade de ser tão originais que nos levantemos da mediania expectável da vida das pessoas. Então, mato-o e culpo-te e nunca te perdoarei. Respondi: está bem.

Num esconso torcido da charneca, afastado de todas as casas, o chão abrira pequenas covas de água quente. Muito pequenas, iguais a panelas ao lume. Espalhadas como por um fogão extenso. Eram gatos de cristal. O vapor que se levantava, quase adensando o suficiente para deixar corpo, era um contínuo de gatos de cristal, como tentativas de ganhar corpo, que se levantavam por instantes a observar-nos. Águas quentes que nos observavam, esperadoras, cheias de segredos e inteligências antigas. O Einar achava que os fiordes se iam abater, furados de canalizações vulcânicas, túneis por onde os nervos vulcânicos se poriam a correr. Era mais certo que não se abatessem os fiordes, pensava eu. Se houvessem de ficar fartos de esperar era mais certo que se levassem sobre nós e fossem embora para outro lugar.

Dizia quem vira que os vulcões em erupção eram montanhas voadoras que alavam sobre as cabeças de toda a gente. Uma sujidade negra subindo para lá das pessoas apavoradas. Toneladas de areia e rocha a voarem passando no vento, projetadas às alturas, para depois sedimentarem cobrindo tudo.

Descolorindo tudo à frieza da lua. Podia ser que os veios de água quente tivessem origem no estômago da Islândia, para onde convergiam todas as forças, até talvez a fundura da boca de deus. Podia ser que exalassem as almas mais imprestáveis, as mais frágeis que não serviam para o dentro de um corpo de gente ou animal. As almas estragadas. Ou seriam as chaminés dos fogos interiores, onde coziam verdadeiramente os corpos incautos que chegavam ao recôndito da Islândia. Talvez fosse o vapor desfeito do meu próprio filho aquele que acabara de se dissipar no ar. E outro se levantava e sempre sem fim, no frio exterior, quando eu e o Einar, abraçados e pasmos, tremíamos.

Estávamos a crer que uma baforada fosse mais espessa e tombasse no chão pesando, consistente, com garras afiadas para nos fatiar. Eram tão belas quanto assustadoras as aberturas novas que a charneca ali fizera. A rocha maciça dos fiordes não prometia caprichos daqueles. Vivíamos para aquelas terras como num pedaço quieto do mundo. Sem pulsação que não a da solidificação eterna e a da paciência. Os gatos de cristal eram uma impaciência típica dos outros lugares da Islândia. Ficámos em contemplação, sem discernimento. Apenas o susto maravilhado e a confusão perdurante entre a ignorância e as evidências. Eu e o Einar sabíamos sempre que conhecíamos poucas coisas. Tudo era passível de nos superar em inteligência e força. Força, não. Protestava ele, que se achava muito valente. Mas ter coragem de louco não era valentia, era inconsciência, imprudência, uma propensão suicida, a falta de telhas na construção da cabeça. Estávamos tão à mercê, que o corpo era casa inteira, a única garantida, no tempo vulnerável que o atendia.

Havemos de dezembrar. Dizia eu. Faltava pouco para o fim do ano. Era o meu pai, nos tempos de maior conversa, que o pedia. Depois de cada dificuldade, esperava que dezembrássemos todos. Que era prometer que chegaríamos vivos e salvos ao fim do ano, entrados em janeiro, começados de novo. A resistir.

A Sigridur, quando muito pequena, confundia o ontem, o hoje e o amanhã. Dizia: amanhã foi muito bonito. O meu pai achava que era uma forma de ter visões. A Sigridur só o dizia quando se referia a coisas positivas, alegrias e contentamentos que recolhia. Era uma forma de prever que o dia seguinte seria tão bom quanto o anterior. Como se fosse uma capacidade de sonhar. Das duas, a Sigridur era a sonhadora. Se a morte não a tivesse traído, esperá-la-ia uma vida de maravilhas por diante. Mas a vida não pertencia aos sonhadores, ainda que talhados para o sucesso. A vida era dos que sobravam. Em sobrar estava a oportunidade de prosseguir e de alguma vez se ser feliz.

Eu sobrava. Não tinha o caráter da minha irmã. Percebia isso cada vez melhor. Seguira-a sempre. Ela, cheia de ideias e inspirações. Eu, oca, uma existência pela rama, a ganhar conteúdo pelo fascínio que ela exercia sobre mim. Não era nada a metade valiosa da nossa vida. Eu era a metade fraca. Teria sido apenas justo que eu morresse em troca dela. Toda a maravilha que se queria das crianças estaria contida na Sigridur. Que nunca amaria o Einar. Ficaria empedernida, se fosse preciso, a fabricar um príncipe encantado que a quisesse e que dignificasse a povoação. Ela seria capaz de tudo. O seu sonho concebia tudo e todas as espertezas. O meu era apenas um modo rudimentar de a imitar. Pensei em muitas ocasiões que não éramos gémeas. Pensei que ela era genuína e eu apenas uma imitação.

Amanhã foi muito divertido brincar nos tanques. Fugir ao Einar, o burro. E eu lembrava-me, diante dos gatos de cristal, e pensava assim: amanhã, levantou-se uma montanha de cristal do esconso da charneca e voou. Deixou-nos sossegar. Amanhã, uma montanha foi embora debaixo dos nossos pés. E ficámos numa pedra segura. Outra vez quieta. Sem segredos. O Einar abraçou-me um pouco mais apertada. Eu não lhe dissera nada, não pedira nada. Ele começava a pressentir a minha tristeza, sozinho.

As rémoras viajam como parasitas nos corpos de outros animais do mar. E há peixes que guardam os filhos nas bocas. Os cardumes de ínfimos filhos, que se põem como nuvens tontas na água, juntam-se como aconchegados e entram nas bocas das mães. Uma almofada de filhos na boca, pensei. E assim se protegem, enquanto

engrandecem o corpo e se robustecem contra as ameaças da água. Um homem conseguiu embalsamar uma
baleia inteira. Pendurou-lhe um lustre na boca escan-
carada e levou mesas e cadeiras para ali, onde se faziam
festas e as pessoas brincavam de não serem comidas
pelo animal gigante. Encaravam a garganta como uma
porta fechada pela escuridão. Como a boca de deus podia ser assim vista. Fechada pela escuridão. E não entravam. As rémoras podem ir tão velozes em alguns peixes que, subitamente, se veem levadas para águas onde
não subsistem, por serem demasiado fundas, quentes,
salgadas, pouco salgadas, frias. Os cardumes de filhos
nas bocas, por desatenção, diminuem quando a mãe
inadvertidamente os engole. Come os filhos sem querer.
E o Einar disse: acho que as mães que comem os filhos
ficam trabalhando o arrependimento para a vida inteira.
Vivem identificadas sobretudo com o remorso. Mesmo
que sejam mães peixes, que têm uma memória pequena,
e se esqueçam de muita coisa. Mas não se esquecem que
têm o ofício instintivo de proteger as crias. A natureza
tem uma lembrança instintiva. É a lembrança fundamental. Por instinto, tudo estará correto. Na boca da
baleia embalsamada, o homem vangloriava-se do seu
esforço. O Einar disse: queria ver como faria o mesmo
a um gato destes. O cristal detendo-se. Permanecendo.
Um gato-lustre, já cheio de luz, eletrificado pelo assombro inesgotável do medo e do respeito pelos fiordes.
Um gato que pudéssemos levar para casa e pendurar
no teto, suficiente. Estranho e suficiente para iluminar
um espaço.

Os poemas são instintivos, eu disse. Uma natureza
instintiva que quase nos redime. Às vezes, um poema
acende-se como um candeeiro dentro da cabeça. Fica-
-se a ver muito bem o que até então nunca se vira. Pen-

durar um poema e atravessar com ele a noite inteira sem sequer nos darmos conta de que se fez noite.

Havíamos subido à criança plantada. Estava soterrada de neve e gelo. Limpa a neve e aclarado o gelo, a minha ansiedade assim se refletia. De algum modo, voltava a ser gémea da Sigridur. Tinha o rosto dela, o rosto de inverno, não o de verão. Já só éramos gémeas para a estação da tempestade. Fixei o vidrado da neve sobre a terra da Sigridur e disse: tive um menino. Hilmar. Encontraste-o por aí. Encontra-o, por favor. Vi um tubarão para ti, vê para mim o meu filho e explica-lhe a morte. Levado em tanta pressa, não teve tempo de entender nada.

Eu dizia o nome do Hilmar e, de alguma impossível forma, protegia na boca o meu filho. O meu filho inteiro no vocábulo do seu nome, que eu parara de pronunciar e, subitamente, suplicando-o à minha irmã, recuperava como uma presença ainda. Ainda estava presente. Se dissesse o seu nome, ele era ainda. Obrigada, pai. Tinhas razão. Fui uma tola em não aprender imediatamente o que me ensinaste. O nome do meu filho como almofada onde eu pousava a língua, a linguagem, o pensamento, o sonho todo. Nunca haveria de o engolir. Como nunca acabaria o meu remorso. O Einar comovia-se. Dizia que inventávamos aventuras vocabulares. Dizíamos as coisas e elas eram já o bastante para nos pertencerem ou assistirem. Dizíamos filho e ríamos com uma euforia esquisita de quem nunca poderia ter perdido por inteiro um filho. Compreendi-o bem. Nunca se perde por inteiro um filho. Ele resta sempre como algo que temos a infinita possibilidade de evocar. Evocamo-lo e ele é. Eu disse. O Einar regozijou. Na criança plantada. Dizemos filho e ele é sempre algo. Nunca regressa ao tempo em que não existia.

A mulher urso bordava pequenas flores nos panos delicados das cuecas. Não eram um ramo. Eram apenas as corolas, como cabeças decepadas de flor flutuando à tona das cuecas. Não pensara nunca que o lugar do corpo para tais panos devesse ter mais do que asseio. A minha tia ajardinava as cuecas como se fosse de andar a ser vista ou, pior, de ter por ali gente a passear. Eu, perplexa, achava que tanta teoria e enfeite das partes íntimas era como querer ter um pássaro no lugar de ter outra coisa tão diferente. Ia ser muito bom se, ao menos em algumas ocasiões, tivéssemos um pássaro em troca do rabo, um pássaro em troca do estômago, um pássaro em troca do coração. Quando nos fosse melhor, mais conveniente, daríamos por um pássaro o embaraço, a fome, o desgosto ou o medo. Talvez, por embaraço ou sonho, puséssemos às vezes o pássaro a voar. De todo o modo, de cuecas bordadas, a minha tia nem por isso perdia o ar inflado, não se delicava, não amenizava a pressa, aquela urgência grande de concluir e esquecer assuntos. Era toda preocupada com deitar para trás questões e hesitações. Era uma máquina perentória de decidir.

A casa dos meus pais estava diferente. Arrumada de alguns empecilhos, que também eram recordações e pessoalidades sobradas ali dos meus tempos, dos tempos da Sigridur. A casa estava limpa de nós. Mudaram-se as direções das camas, as comodidades em torno da mesa, as roupas tinham-se em arranjo, com outros remendos e belezas, o telhado estava reforçado. De calor ficara a casa servida. O meu pai num lado, a minha mãe no outro, sem conversa, a minha tia espanando e enxotando, parecia ali uma trabalheira concentrada que usava apenas o corpo, em muito demitia a mente. Não se pensava. Pensaria apenas a Islândia, lá fora, sobre e debaixo. O inverno pensante, pormenorizadamente infligido aos fiordes, sem piedade e sem negociação. A matrona negociava, ela sim, o papel das mulheres. Replicava, muito por despeito, vitimando o homem e supondo que a falta de pénis inspirava o intelecto. O meu pai, de nervoso passara a contido, um bicho circunscrito, como uma raposa que se domesticasse, procurando esquecer a sua própria natureza. Na verdade, nada me parecia natural nos modos abreviados e higienizados da casa. Talvez fossem costumes de Höfn, outras manias e finezas que para aqueles nossos lados se tornassem exageradas. A minha tia corrigira mais do que os erros. Ela retirara identidade, para que não se sentisse nada senão a pragmática sucessão dos dias.

Quando me viram, trazida pelo Einar como sua companheira, num passeio de domingo cedo, antes da missa do costume, continuaram os seus afazeres, dedicados por automático movimento, por inércia. Eu covardemente calada, apenas rejeitada, escrutinando os pormenores que me apagavam. Lamentando que a cama da Sigridur, a nossa cama, estivesse engalanada de outra forma, revirada, sem o vazio dela. O vazio destruído da Sigridur, que só podia viver na memória, era o mais grave. Só podia viver no vazio.

A mulher urso achava que era preciso dar à morte o que era da morte. A vida tinha de seguir por outras referências e expectativas. O lugar da Sigridur não voltaria a ser por ela ocupado porque não estava sequer desocupado. Mais valia que fosse cedido de outra forma até ter outro significado e não lembrar mais nada. Como algo a começar. Uma coisa nova.

Entrei enquanto visita. Visitando, com aquela impressão desconfortável de que não devia encostar-me a nada, não devia tocar em nada. As visitas distantes entravam assim nas casas dos outros. Passavam por entre os móveis como se fizessem gincana, como se cada móvel tivesse uma ponta afiada, cortante, e menear corretamente as ancas fosse fundamental, fosse até vital. Eu assim fiz. Por me sentir desligada daquele lugar, mal convidada, sem direito a mexer, sem direito a sentir mais do que simplesmente observar, agradecendo a mínima atenção dedicada. O meu pai ia falar, mas o vozeirão mandador da minha tia cometeu o ruído e o homem infletiu, adentrou-se, desistiu de participar. A mandona explicou que chegávamos em muito má altura. Havia sido uma semana de limpezas e curas várias. Por remédios e mezinhas, andavam a reerguer a vida, dizia assim. Remédios e mezinhas para gente e objetos. Das dores de dentes às maleitas da madeira, da flatulência ao podre do tubarão. Tudo estava a ser cuidado para que a vida fosse mais competente. Um modo de vida mais digno de uma família instruída por educação antiga. E a minha mãe, que não dizia nada, haveria de tocar piano outra vez. Ainda se lembravam bem de ela ser a melhor da povoação. A tocar e a cantar. Afinada, por intuição dotada de mãos, ouvido e timbre. Era uma graça que voltasse a considerar tocar. O Steindór, que se pusera secreto, já tinha ideias para o órgão. Daquela vez ia ser verdade. A população deixaria a sua surdez doentia.

A minha mãe, observei, estava magra e crua. Tive uma profunda pena dela.

A mulher urso construía as convicções mais delirantes do mundo. Afirmava que as guerras mundiais não haviam existido. Haviam servido para arregimentar os homens, mandá-los para lugares quentes, dar-lhes fome e sede, para depois levar-lhes coca-cola num golpe publicitário sem precedentes. A coca-cola inventara claramente a primeira guerra, servindo-se com cocaína pura para anestesia coletiva da população mundial. Ela tomara os pouquíssimos livros que o meu pai guardara e colocara-

-os ao pé do fogo, para servirem à noite como acenda-lhas das boas. Eram livros todos falantes, com milhões de palavras arrumadas, muito estudadas, mas a minha tia discordava das leituras e tinha opiniões sobre cada passagem da história longa da humanidade. Nem dinossauros nem guerras, a humanidade resumia-se ao verão e ao inverno islandeses. O gado, o peixe, o precioso calor e o frio abundante, cantar, tocar, fazer oferendas às pedras gigantes habitadas pelo povo escondido. Sonhar com frutas e com flores. Sonhar o que era dos sonhos. Viver o que pertencia ao juízo. Dividir tudo por uma questão de superior inteligência para nunca sucumbir a fraquezas nem corroborar a propensão para a vulnerabilidade, apanágio do ser humano. Pensava que os livros eram animais de barriga imensa para onde caíam os leitores, puxados por textos inquinados, maquiavélicos, feitos de malícias, maldades, mentiras, deturpações, transformações do que era certo em condutas erradas. Os livros tinham presas e dentes afiados e comiam gulosamente as pessoas. Começavam os fogos com páginas arrancadas e o meu pai, que era um leitor, lera muito e sabia melhor, não fazia nada. Ardiam as páginas dos livros como se pudessem levar com elas as histórias que não queriam mais lembrar. A minha tia dizia que o fogo, onde quer que estivesse, era também a boca de deus. Porque o que consumia entrava numa dimensão paralela. Desmaterializava-se. Tornava-se insondável. Eu achava que aquele fogo não era anfitrião. Seria certamente a boca do diabo. A mulher enfurecia-se. Sem o fogo, na Islândia gelada do inverno, não sobreviveríamos. O fogo era a mão quente de deus. Estendida sobre nós por generosidade. O fogo era anfitrião. Consumia os livros como se deus os lesse. Haveria de julgar cada frase. Os escritores teriam sempre longas contas para acertar com deus, por se atreverem a deixar as ideias mais perigosas ao serviço dos mal preparados, dos ingénuos, dos sonhadores, dos que errariam em qualquer decisão perante as questões mais elementares. Deus haveria de sentenciar cada texto e cada memória, e todos os escritores seriam triturados entre os seus dedos para caírem como pó no esquecimento do inferno. A nós, competia nada, apenas assear, organizar, obedecer. Não ler, pensei, era como fechar os olhos, fechar os ouvidos, perder sentidos. As pessoas que não liam não tinham sentidos. Andavam como sem ver, sem ouvir, sem falar. Não sabiam sequer o sabor das batatas. Só os livros explicavam tudo. As pessoas que não leem apagam-se do mapa de deus. Eu disse. Lembrei-me da Thurid e contei que ela queria tocar as variações. A minha tia calou-se.

Abracei brevemente o meu pai. Não tinha qualquer poema para me dar. Não tinha nada.

O tolo do Einar disse boa tarde. Íamos embora, queria ele dizer. Era um modo de desistir. Logo nos veríamos na missa. O Steindór juntava as primeiras pessoas. Nós, a passo largo, ainda abriríamos a porta da igreja e trataríamos de necessidades de última hora. A minha tia respondeu: já estamos vestidos e encomendados. Subimos para a missa daqui a pouco. Não se perde a missa. Nunca.

Algumas mulheres desenham-se nas partes íntimas. Cortam os pelos como se ajardinassem também as partes íntimas. O Einar contava-mo. Depois, a meio da noite, procurou-me e estava um silêncio ensonado em que apenas a rebentação subia a voz, escarpa acima, até ao mundo das casas. Não era a primeira vez que me procurava ali, no quarto remediado da igreja, mas naquela noite trazia um requinte qualquer, como se procurasse fazer com que me sentisse melhor. Melhor do que das outras vezes. A sentir-me suavemente. Achei que era bom. Que ele era bom. Que eu tivera muita sorte. As mulheres podiam ter sorte. Apeteceu-me conversar com ele sobre poesia, mas não era a altura. De todo o modo, acontecia muito gostar de fazer sexo com o Einar por ter vontade de conversar com ele acerca de assuntos importantemente sentimentais.

Sabes, acho que o meu pai vai desistindo porque já aceitou que parti. Fiquei com pena de não ter um poema para me dar. Significa que já não os escreve. Se não escrever, ele não entende nada do mundo. Fica perdido. Fala-me das partes íntimas das mulheres, Einar, diz-me como achas que são. Diverte-me imaginar que as pessoas são tão secretas que guardam ideias dessas para o amor. Achas que há homens que embelezam os pelos também. Tu tens mais pelos do que eu, fazíamos em ti uma floresta. Podíamos ter aí macacos ao dependuro. Não sei. Coisas assim. Coisas que me fazem esquecer a profundidade dos poemas e da falta que me faz o meu pai. Não posso ser teu pai, Halla. Pois não.

As luzes do norte faziam da noite uma abóbada de cristas, galos gigantes que passassem fugazes e em leque por sobre as nossas cabeças. As tremendas cortinas fantasmáticas luziam rápidas, em espasmos, como se víssemos o sol debaixo de água. A refração dos raios em varas sequenciadas, um certo teclado esguio, quase sugeria som.

A velha Thurid tinha vindo bater à igreja porque achava que, naquela noite, o órgão ressuscitaria por si só. Achava que as luzes do norte eram uma escala cromática, e que os mais geniais intérpretes estavam fertilizados por aquela descoberta. Foi a primeira vez que a Thurid teve um ataque de sonambulismo. Os olhos eretos, vazios, a conversa arrastada, a noite absoluta como se entrasse o mundo para dentro de mão fechada. A porta da igreja abriu e eu acordei, assustadiça, a pensar em ursos polares perdidos, gente escondida, obrigações espirituais que se anunciassem de modo tenebroso. Levantei-me e a mulher tinha-se já a beliscar o órgão, as teclas murchas do órgão. Acendi a luz fraca. Aproximei-me e ela estava esticadamente convicta de que havia som, as variações, esplendorosamente tocadas, melhores do que Gould, perfeitas. Toda ela acusava o prazer.

O Einar dizia que era perigoso acordar um sonâmbulo. O susto podia rebentar-lhes o coração, as veias maiores, provocar cegueira, mudez, incontinência para sempre. Se a acordássemos ia sujar-se toda com o susto de ali se ver.

A Thurid falava pequenas coisas e, por prolongar os vocábulos, era tão sinistra quanto divertida. Queria que avisássemos a população inteira da Islândia para a audição. Depois, batia nas teclas enquanto espreitava pela janela alta as cores que o céu intensamente acendia naquela noite. Regozijava. Imaginava-se diante de uma farta plateia, ansiosa pelo aplauso, gloriosa como quem expusesse uma alma perfeita, de virtudes divinas, uma alma sublime. A Thurid naquelas alturas era como apenas a alma. Intensificada pelo sonho.

Quando terminou, levantou-se, agradeceu os aplausos e foi-se embora. Acompanhámo-la até que entrasse em casa. Ia serena e sem engano. Ia orgulhosa. Certamente, depois de entrar, terá dormido profundamente feliz, descansando do esforço necessário para se ser genial.

Por causa de a vigiarmos, pudemos no regresso perceber como as luzes do norte subitamente desciam. Desciam estranhamente quase pondo o pé sobre o chão. E o Einar esticava o longo braço e tinha a impressão de que um feixe de luz pousaria sobre ele, como se um feixe nascesse do seu braço e subisse, ao invés de ser uma luz que descia. E assim andámos. As auroras como véus de noiva oceânicos, o caminho estreito entre a neve sempre apertando, o vento frio e subitamente calmo. Avistámos a igreja e detivemo-nos. O Einar abraçou-me, enlaçou--me e chamou-me de pequena. Eu era metade do tamanho dele ao comprido e metade do tamanho dele ao largo. Podia caber-lhe numa perna. Ele envolvia-me e eu desaparecia para o seu corpo e era por ser pequena que me sentia confortável. És um bom homem, eu confessei. E ele respondeu: conta-se que as auroras quando descem muito, se temos a impressão de que partem do chão ao invés das alturas, é porque houve milagre, encantamento ou morte.

As auroras nunca desciam. Éramos nós que nos dispúnhamos à fantasia. Não sabia o que esperar de diferente. Haviam-me crescido os seios. Talvez ainda esperassem pela boca faminta de um filho. Estavam grandes, a medir pelo esguio do corpo, eram finalmente seios levantados da folha de papel que outrora fora o meu peito. Eu disse: estou mais parecida com uma mulher.

Tinha treze anos.

Se as auroras descessem muito, abundantes, gigantes como eram, talvez seguissem boca de deus abaixo até onde nunca outra luz entrara. Talvez rebatessem nas paredes daquela garganta e fossem corpo da Islândia adentro, ao encontro das pessoas apagadas que por ali tombavam eternamente. Podiam encontrar o meu filho, mostrar-lhe a beleza, fazê-lo pressentir o som, as variações de Goldberg, o modo como o mundo inteiro ainda conspirava a favor da felicidade. O mundo pensa na felicidade, julguei eu. Se as auroras descessem a boca de deus, iluminando o meu filho cadente, podia ser que lhe indicassem o caminho para um sossego qualquer, traçado no ouro encantado que certamente revestia o físico animal da terra, o físico animal do próprio deus. Imaginei um lustre de mil lâmpadas descendo a funda no centro das montanhas dos fiordes. Um lustre de mil lâmpadas que mostrasse a beleza, para que os mortos não se equivocassem nunca. Para que não se esquecessem nunca da beleza de a morte ser uma dimensão de deus. A morte é uma dimensão de deus. Deve ser magnífica.

O Einar soltou-me. Dizia que eu também era a sua pequena lanterna. O meu corpo esquivo era-lhe visível por instinto.

Nessas alturas, o Einar tinha uma esperança quase absoluta de que eu não partisse. Julgava que mudariam todas as minhas prioridades. Eu calava-me.

O mar, como um lençol sacudido, levantava-se abruptamente. Dava um salto inusitado. Para o seu lado, as auroras cavalgavam. Subiam e desciam as ondas. Parecia terem o ofício de chegar. Como se tivessem partido de outro lugar. Fossem elas notícias de outro lugar.

A Thurid acordava com lembranças gratificantes dos seus sonhos. Não tinha nunca a certeza de se ter posto de pé, mas recordava nitidamente as plateias e, sobretudo e mais importante, ela recordava o esquema cromático que usava para as variações. Emocionava-se. Ela sabia ser capaz. Jurava, toda herética e pretensiosa, que seria capaz de interpretar as variações para lá de Gould. O Steindór afagava-lhe os cabelos num gesto muito filial. A velha Thurid, entusiasmada, esperava pelo arranjo do órgão tanto quanto pela noite. Ela não era apenas sonâmbula, era sonambulista. Queria favorecer que acontecesse uma e outra vez aquela ilusão, porque achava que a repetição lhe trazia à vigília as descobertas do sono, paulatinamente, um pouco em cada oportunidade, e sempre mais contundentemente, até se convencer de que fizera o melhor dos preparos, o estudo mais longo e espiritual, o único inequivocamente adequado para chegar ao sublime. Como as almas.

Quando os homens carregaram o órgão, metido em cordas e rodas e tábuas e dois ferros e alavancas, ficámos todos a vê-lo partir no barco debaixo da chuva pouca. Cobriram-no com um plástico escuro, fúnebre, que o entristeceu sobre as águas. Partia. A Thurid estremecia de ansiedade. O Steindór sorria. Muito lá em cima, na esquina do caminho, percebi, a minha mãe vigiava. Era-lhe importante o órgão. Nem eu estaria consciente do quanto. A Thurid foi a última a regressar. Alguém lhe gritava: estás gorda, Thurid, força. E ela, cansada, toda se via sorrindo. Já a minha mãe estaria em casa, a ouvir a irmã acerca das decisões para os próximos gestos.

Ao fim dos dias, antes de dormir, a Thurid arrumava em casa tudo quanto atravancasse. Fechava as facas e as coisas do fogo. Deixava o caminho desimpedido para, se fosse por natureza, sair à igreja e usar o órgão. Naquela noite, com o órgão em viagem, a Thurid fez um pouco o contrário. Trancou muito a porta e espalhou bancos pelo chão. Não valia a pena que saísse. Mais ainda porque sempre lhe diziam que era um perigo grande aventurar-se no inverno da noite, caminho fora até ao longe da igreja. Um inverno nunca seria tão rigoroso se não fosse modo de deus mandar que as pessoas ficassem recolhidas. Diziam-lhe. É como sair noite fora a fazer coisas diabólicas. Não está certo. E a Thurid respondia que sim, fazia de outro modo e pouco se importava. Daquela vez, no entanto, e para se habituar aos sonhos de espera, ela deixou sobre a mesa um desenho. Deixara as teclas desenhadas nuns papeis colados. Não soariam diferentes do órgão estragado. Seriam a mesma coisa. Tinha o percurso até à mesa orientado pelos bancos. Sentar-se-ia aí a estudar. E aprenderia. Faltava muito pouco para que aprendesse tudo.

O Steindór foi à igreja, certificou-se de cada correção, cumprimentou-nos e saiu. O Einar disse: anda com a tua tia. Devem casar. Desta vez, devem casar. Eu sabia que sim. O Einar sentia-se desconfortável. Começava a suspeitar que conhecia a mulher urso, mas não conseguia lembrar-se com clareza. Quando via o Steindór, o Einar estremecia, ganhava-lhe sempre medo, queria vê-lo morrer. Vinha abraçar-me muito magoado.

Tinha vindo de Bildudalur. Era de corpo inteiro. Com tamanho para o corpo inteiro do Einar. Para mim, dava como parede de casa. Era tão alto e límpido que sobrava muito para mostrar o que havia em redor. Um espelho que alguém cedera. Era a mais profunda ilusão. O meu corpo todo ali replicado, como se outra vez fôssemos duas. A mão encostada no vidro fresco e assim nos olhando mutuamente. Como tantas vezes nos olhávamos. Agora longamente, a perceber como estávamos mais velhas. Os seios. Temos seios, mana. Seria tão bom se pudesses sair desse vidro frio e vir comigo à rua. Pareces dentro de uma água parada. O Einar, que não ganhava medo a loucura nenhuma, levou o espelho ao cabeço. Eu e o espelho no cabeço, o mar mais zangado do inverno, e aquela ideia tão bonita de estarmos as duas à procura das baleias, e a querer ver um tubarão. Um tubarão que fosse terrível o suficiente para comer as baleias. Mais forte. Muito mais forte. Como nós, que somos muito mais resistentes do que julgávamos. E o Einar ria-se comigo. Tocava no espelho como a enlaçar com ele o dedo mindinho, e estava a fazer-me tão bem brincar assim. Se ao menos pudesse ser também o rosto do meu filho, pensei. Mas as mães são iguais aos filhos de outra maneira. Deixa-me fingir um pouco mais, Einar. Deixa-me ficar aqui a fingir.

As pessoas diziam que as irmãs mortas simbolizavam a solidão. Não se acompanhavam de ninguém, apenas uma da outra, como bastantes assim. E eu estava muito grata ao Einar. Que tremelicava de infantil euforia e corria e arrancava borbotos da camisola para os pôr a voar. São dentes de leão. Como se já fosse primavera, como se viesse o verão e estivesse tudo mais quente. Vamos aos tanques, Halla. Pedia ele. Mas era ridículo andar com o espelho por ali. Parecia uma porta alta.

A porta para o outro lado da morte. A outra morte. Não, respondi. Deixa-me ficar a ver. Sossega um bocado. Estás a fazer-me tão feliz que me apetece ficar aqui quieta muito tempo. E o Einar continuou a soltar borbotos ao ar. Minúsculos, logo invisíveis. A dizer agora que eram ovelhinhas pequeninas que aprendiam a voar. Pedacinhos de lã como ovelhinhas voadoras a descerem ao mar. Pastavam o vento.

Fomos aos tanques. Pousámos o espelho. Nem era bom que a Sigridur nos visse na água, as poucas roupas, a pequena alegria. Lembrei-me de como fora ali que o Einar me interessara pela primeira vez. Ele que, afinal, não era tão tolo quanto a falta de jeito fazia crer. A timidez deixava-o excêntrico. Era isso. A timidez deixava-o excêntrico. Compreendi o que o Steindór dizia. E assim me deitei na água, sem tirar a camisola de dentro, porque não tinha como esconder o peito maior e o feio do ovo que a minha mãe me fizera, e porque não queria que aparecesse alguém e julgasse que éramos menos um casal do que outro casal qualquer. O Einar, com a sua peculiar felicidade, era bem um cristal dentro da cabeça, porque também auroras saíam dos seus olhos e pousavam sobre mim. Acontecia gostar dele. Estava a acontecer. De gostar muito dele. E por cada instante me deixava levar pela ideia boa de partilhar e perdoar-me por ter crescido a partir de tanta insignificância. Redimia-me lentamente. Chegámos a juntar a pele. Assim muito depressa. Antes que fosse impossível ficarmos parados.

Havia uma rainha que mandava tocar clavicórdio enquanto degolava e bebia o sangue das suas vítimas. Vitimava invariavelmente moços novos, apanhados por um emprego no palácio. Apenas uma vez terá degolado uma moça. Uma que era tão robusta e mal-encarada que havia de ter nascido masculina, de pénis e seios nenhuns. Enquanto degolava as vítimas, a rainha servia-se do sangue para banhos e emocionava-se com peças rudimentares de compositores dos quais era mecenas. Como não entendia nada de música, acolhia compositores sem glória à vista, que ela nutria paciente e equivocadamente. Comovia-se e governava o seu reino com grande preocupação pelo povo. Tinha um pensamento muito atido ao coletivo. A minha tia contava.

A minha mãe, chamada pela mulher urso, chamada pelo Steindór, sentou-se ao órgão e tocou. Fosse de estar esquecida, fosse de o instrumento vir mal-arranjado, soava horrível. Cada som vivia por si, agonizando, perplexo. Parecia mesmo que todas as notas se levantavam perplexas do silêncio, sem entender porque não se conservavam silentes, adiadas. A esposa do Gudmundur tocava irreconhecivelmente. Escala acima e escala abaixo, ela queria fazer surgir uma harmonia perfeita quando tudo o que se escutava era uma espécie de atrito. Um resmungo do órgão, como se o próprio instrumento se admirasse. A minha tia comoveu-se. Escutou aquele atordoado modo de música e chorou.

O meu pai procurou que ela se bastasse. Era suficiente. Estava mal lembrada, precisava de praticar. Concentrar-se. Alguém dizia que a menos morta olhava de maldade, como se eu tivesse maldade e rogasse pragas à minha própria mãe. Afastei-me. Deixei-me oculta pelas colunas ao fundo, do outro lado da sala grande da igreja, a escutar apenas e a imaginar o lugar de cada um pelos passos batidos no chão. O meu pai voltou a murmurar algo, mas a cunhada dizia para que a deixassem estar à vontade. Havia qualquer coisa de impenetrável naquela música, opinava em berros, uma natureza estranha por desbravar que trazia da rudeza muita ciência. Era música crua.

Dizia gulosamente música crua como se lhe apetecesse comer carne em sangue, nacos de carneiro cru a escorrerem, como comiam as bestas. E chorava.

Espalharam que eu e o Einar passeáramos um espelho grande, a brincar de ressurreições e outras parvoíces. A minha mãe estava furiosa. Obstinada com o órgão, remoída por dentro como a ser apertada, levantou-se ao fim de um tempo e desbaratinou-se na igreja. Andou para lá e para cá, sabia mal o que fazer, para onde seguir e queria algo que não dizia. Não abria a boca senão para gemer. O meu pai preocupou-se. Ela puxou pelos braços, agarrava-se nos braços, o que parecia querer abrir-lhe a pele, precisava de sangrar, queria parar de magoar-se na cabeça, dentro da cabeça, nos confins dos sentimentos. Depois, foi descobrir-me entre as pequenas colunas e empurrou-me. Segurou-me com firmeza e entrou comigo no quarto onde eu e o Einar dormíamos. Ali estava o espelho, imediatamente à porta. Aproximou-se, vendo-se. Eu para trás. Atrás dela e ela a desviar-se lentamente, como a perceber alguém que estivesse mais longe. Percebia a Sigridur lá mais adiante. A minha mãe de olhos molhados, a fixar o espelho numa tristeza atónita e profunda. Eu sei, mãe, o que pode ser esse assombro. Eu sei o que pode doer. E ela chegou-me ao espelho, juntou-me muito junta ao vidro, toda eu sentindo aquele frio, e a minha cara pousou na da Sigridur, e ela veio muito perto, as suas lágrimas a caírem na minha testa, sobre as mãos que levei ao pescoço, ao peito, até lhe sentir o beijo. Beijou-me assim, tão atrapalhada quanto incapaz de se conter. Afagou-me os cabelos como se mos despenteasse ou me procurasse entre eles. Ensarilhou-os para que sob o seu labirinto loiro existissem duas filhas. Já os outros tão comovidos quanto calados. Até que o meu pai disse: anda, vamos embora. E a levou.

Em alguns segundos, ouvia-se o órgão. Soava claro e organizado. Não era mais um ser admirado. Estava normal. Ouvi perfeitamente a minha tia a fungar de choro alto. Desfazia-se em comoção.

Depois, sempre apaixonado, o Steindór anunciou que podíamos todos chegar a casa dele para um lanche. Lembrei-me da sua mesa, o samovar, o chá, o tear tão bonito. Falava num lanche como se oferecesse tudo. A minha tia poderia aceitar, pensava eu. Estava tudo oferecido para que ela aceitasse. E a mulher só se abanava e, sempre alterada, queria-se sozinha. Não punha cara de amores. Na casa do Steindór uma mulher sentada seria igual a uma rainha. As coisas bonitas estariam como tesouros luzindo em redor dela como a adorarem a sua presença. Pensei que o Steindór não ajeitara a casa para esperar deus. Ele esperava um amor, aquele amor. A pessoa tão improvável e ininteligível que era a minha tia.

Ressurgi para que repusesse os bancos, varresse, cuidasse de fechar a porta, tratar da igreja, como era ofício do Einar e passara a ser meu. A mulher urso refilou: para cada uma das treze noites devias pôr-lhe uma batata podre. Ordenava à minha mãe. Chegava o natal. Depois da morte da Sigridur o natal cingia-se à missa e a uma insónia de tristeza. Não se escolhiam presentes, não se embrulhavam batatas. Desculpei-me. Não queria atrapalhar. Ia apenas para ajudar. Fazia o de todos. A igreja era de todos. A minha mãe saiu. Levava um sentimento incerto. O meu pai dava-lhe a mão como a não deixá-la ir com o vento. A mulher urso jurava tratar das treze batatas podres que me caberiam de presente, para me humilhar o bastante e meter no devido lugar. Achava um desrespeito a situação do espelho. Como se tivesse sido trazido para massacrar a minha mãe. Como se o quiséssemos para fantasiar por maldade.

Subitamente, a Thurid entrou extasiada. Rejuvenescera. Os olhos grandes a ver mais do que o costume. Os olhos gulosos. Fez um relato breve do que pretendia, do que sonhara, do que temia, do que se livrara, do que aprendera e do que estava certa. Benzeu-se. Encostou as mãos aos ouvidos, assim como se segurasse a cabeça, como se benzesse também os ouvidos esfaimados daquele som. Pediu licença para não ser indelicada a exigir silêncio. Calámo-nos. A minha tia sentou-se. Esperámos. A Thurid começou a percorrer as teclas como a verificar se cada uma continha o som que lhe competia. A escala inteira. E dizia: azul, rosa, vermelho, amarelo, preto. Soava e repetia, cor a cor. Sorrindo muito. Igual a ter olhos nos ouvidos ou ouvidos nos olhos de tão rara imaginação desenvolver. Assim ficou um tempo. Não era música, era uma inspeção científica, agora sim, com que verificava a dignidade daquele órgão para o esplendor de Bach. A Thurid disse: pronto. Já está. Levantou e foi-se embora à pressa. Tinha assuntos na cabeça que nos ultrapassavam largamente. Estava esquisita. A minha tia disse: esta mulher está muito gorda. Está caduca e gorda.

Ajeitou o rabo no banco pequeno, espalhou com a graça possível o vestido pelo largo das pernas dobradas, sem sorrir, observou frontalmente a plateia, que se suspendia em solene expectativa, e levou os dedos às teclas. A senhora acesa fungou. O senhor apagado quase tremia a dar-lhe um medo pela pertura de alguma coisa tão importante. A Gudlaug levara uma fotografia do marido para ali estar também.

Primeiro, apenas o gesto congelado, procurando interiormente o momento certo, como se por dentro a música ainda não tivesse começado, como se viesse de algum lugar e estivesse quase a chegar. Depois, a Thurid inspirou igual a ter de mergulhar e tocou. Ouviu-se muito bem.

A ridícula velha, gorda e obstinada, a ter visões noturnas, semelhante aos mais imprestáveis lunáticos, tocava as variações de verdade. A minha tia exclamou: toca, a estúpida da mulher sabe tocar. Era assim exatamente que todas a viam, estapafúrdia, gorda, o cabelo empapado num novelo feio, o vestido de veludo coçado, roído pelo tempo e pelas modas, solitária e, no entanto, trazia das teclas as variações melhor do que Gould. A Thurid, a cheirar a fritos, oleosa e sem grande notícia de inteligência, transcendera. Todos suspiravam até embaraçados, como se o próprio Glenn Gould sagrado andasse por ali no meio. Como se descesse ali invejoso a ser humilhado por uma alma recôndita dos fiordes islandeses. Melhor do que Gould, diziam todos. E espantavam-se.

A certa altura, a Thurid murmurou. Quase fazia uma canção. Murmurava algo, pareciam palavras cortadas a meio, bocados de palavras que não eram suficientes para fazerem sentido, apenas geravam uma melodia qualquer, uma que variasse em cima das variações. Quando o fez, a igreja estava habitada por Bach. Ele mesmo, talvez de mão no ombro de Gould. O Steindór atravessou a sala e sentou-se ostensivamente ao lado da minha tia que, desembruxada por instantes, parecia uma mulher. E a Thurid tocava e outra vez murmurava e, subitamente, entendemos muito bem. Dizia: azul, azul, negro, branco. A Thurid achava que pintava. Achava que as teclas eram pincéis e via, certamente nas costas dos olhos, telas grandes de caleidoscópios maravilhosos. Quando ouvimos claramente as cores que enumerava, vimos também. Pudemos fugazmente ver e fundimos a cor e o som num arrepio de grandeza que acometeu a todos. Estávamos iguais.

Quando se pôs de pé, todos nos pusemos de pé também. A ovação poderia ter começado uma tempestade, de estrepitosa, entusiástica como se não houvesse mais urgência além daquela de fazer a Thurid perceber que era uma mulher sublime. Ela, sim. O ruído poderia ter convencido a pedra morta do chão que os vulcões se tinham levantado. Estávamos emocionados. Era de uma alegria rara. Uma alegria que se impunha à contenção rotineira a que nos habituáramos. A minha tia, por si excessiva e sempre tão pouco oportuna, chorou. Atabalhoada e sem poder falar, comoveu-se. Acontecia porque a música atravessava o intransponível. Tinha uma inteligência profunda que assomava nos espíritos como se os tornasse mais livres. E a Thurid recebia o aplauso sentindo-se uma doutora da liberdade. Alguém que descobrira o caminho das pedras. Uma arqueologia contida no antigo da obra de Bach e que se escondera por camadas e camadas de cultura. Fora necessário o espírito livre de uma velha dos fiordes para retirar à cultura algo que apenas a espontaneidade poderia conferir. Ela começou pelo elementar. Era como uma viúva do Glenn Gould. Faziam um par. Se ele ali estivesse, ia deitar o joelho ao chão e estender-lhe um anel brilhante, até a transformaria numa dama, apagando-lhe aqueles traços de decadência pelo longo trabalho e maior solidão.

As pessoas sozinhas acabavam por se desleixar. Tinham menor interesse em arranjar as superfícies às coisas. Viviam profundas e disciplinadas. Sonhavam à noite. O Steindór dizia. A nossa sonambulista mais ainda. E convidava novamente para o samovar. Toda a gente. Já se falava de festas depois de festas. Uma alegria muito clara que permanecia no Steindór. De verdade, tinha sido missa bastante escutar aquelas variações. Nenhuma tarefa faltava. Deus estava servido. Assim se servira, melhor do que nos passados domingos. Diziam as nossas pessoas. Muito melhor do que alguma vez o servíramos por ali.

Eu colocara o espelho na sala da igreja. Encostara-o com discrição ao lado de onde me sentaria. Ficasse eu louca por completo, mas gostava de pensar que a Sigridur assistiria, nem que apenas infimamente, àquela missa. E gostava de pensar que ela poderia educar o meu Hilmar para as minhas razões. As falhas que tive, tão imberbes, e que nunca quiseram significar que crescêssemos separados, em dimensões distintas. Calmamente me levantei diante do espelho e aplaudi entre todos, por um bico do olho vi a Sigridur fazer o mesmo e foi nesse momento que o olhar dos meus pais me percebeu. As coisas de fantasia também nos ajudam, disse. Era um modo de melhor pedir que tivesse aquele filho. Tão curto na vida se teve, não abrira nem os olhos. Se não houvesse na morte quem me apontasse, como por um dedo no ar indicando o meu rosto pálido, ele poderia ver-me sem saber que me devia amar.

Nem eu nem o Einar fomos à casa enfeitada do Steindór. Éramos empregados de todos. Competia que fizéssemos a limpeza da igreja e nos pacientássemos até que nos buscassem para os acessos espirituais. Mais nada. Na insistência do bom homem, sorrimos. Estaríamos bem, de qualquer maneira. A igreja renovara o ar. Toda ela se garrira ao som das variações. Estar ali dentro fazia-nos melhor do que nunca.

Assim que as pessoas saíram, o Einar pegou na vassoura e contou: vi bem vistas as cuecas rendadas da tua tia. Tens razão. São uns panos grandes com flores a boiar de mortas. Sim. As cabeças das flores. Andam por ali tão sem pescoço que me parecem decapitadas com crueldade. Algumas pessoas não mantêm a beleza nem das coisas que só sabem ser belas. Vi as cuecas à tua tia, e tenho a certeza de que ela não usaria cuecas tão importantes se não fosse para dizer ao Steindór que quer casar com ele.

Se um dia o matar, talvez a mate também. Sempre quero ver que bicho tem ela escondido no corpo. Só por piada. E eu respondi: és muito mau, Einar. O homem mais terrível do mundo.

Amontoei-me às coisas. Entristecia quando ficávamos sós. Ocorria-me que éramos apenas voluntariosos na ansiedade pela inteligência. Andávamos à sorte sem melhorar em nada. A dor não desaparecia, apenas recuava para avançar depois com maior violência. Culpava-me pela distração. Pensava que era humilhante cada instante de alheamento. Queria sempre fugir. Haveria de sair dali. Era como sair de mim. Se eu não estiver aqui, eu não sou eu.

Quando eu fugir, não deixes de comer, de sorrir, de subir ao cabeço, de ver como são bonitas as auroras, toma conta das ovelhas, têm um coração carente e são medrosas, nunca as assustes, é muito triste. Não deixes de ser malcriado. Quando deus ficar feio vai arrancar-nos a cabeça como se espremesse um bago de feijão. Porque somos imbecis, aprendemos nada e sonhamos com o que não nos compete. Tu nunca deixes de namorar, Einar. Atira-te às raparigas. Põe-lhes as mãos no rabo, lembras-te. Elas vão dizer-te que não gostam, mas estarão sempre a mentir. Convence-as de tudo, e faz-lhes filhos, não te importes que sofram. Elas vão ter de sofrer de qualquer maneira e não vale de nada a vida se não a jogarmos por inteiro. Traz as raparigas para aqui e faz-lhes filhos bonitos. Se nascerem rapazes, serão sempre Hilmar. Se forem meninas, tu sabes, podem chamar-se Halldora. Mas tu não guardes vazios os meus lugares. Deixa-me ir. Olha pelo meu pai. Se ele te falar dos poemas, ouve tudo. É a única coisa que conta, a poesia. No lugar da Islândia colocar um poema. No lugar do coração colocar um poema. Depois, dizê-lo uma e outra vez, até ser tudo.

Ele respondeu: quando te fores embora, juro que morro num segundo. Juro-te. Não farei nada do que me pedes e vou odiar-te.

Comíamos hákarl. Estávamos trancados na igreja. A neve caíra violentamente. Ficavam as casas separadas, cada uma por si debaixo do gelo. As festas eram nenhumas. Tínhamos o bocado de tubarão guardado para melhor alegria, mas a fome precisou dele e não fazíamos alarde, apenas esperávamos que o tempo melhorasse. Líamos. Íamos ao órgão para algum barulho. O Einar enervava-se, queria partir as teclas, dobrá-las como línguas moles que perdessem a capacidade do som. Eu já me apaziguara com as promessas mentirosas que me fizera. Nem me ensinaria o piano nem me afinaria a cantar. Quando cantávamos, éramos dois bichos esganiçados a cacarejar Kaldalóns. Acabávamos por rir como aceitando sermos sobretudo brutos.

Descansávamos o tédio pelos bancos corridos. Adormecíamos. Por vezes, fazíamos sexo. Chegámos a fazê-lo diante do espelho, como se do outro lado o Einar também tivesse um gémeo que amasse a Sigridur. Era estranho olhar-me assim. Nunca namores com o Einar, mandava a minha irmã ingénua. Ela, que acreditava em príncipes que atravessariam o mar de corações nas mãos por causa de algumas palavras improvisadas num papel. Ao ver a Sigridur com o gémeo do Einar talvez me tenha sabido a uma cruel vingança por me haver enganado também. Por me ter deixado com tantas ideias de criança. A querer lutar contra a maturidade necessária. A criança bonsai terá sido dos meus piores desejos.

Não era possível continuarmos gémeas. Pensava agora. Porque amadurecia e haveria a Sigridur de amadurecer também, até com entusiasmo, no lado escondido da morte. A nossa similitude haveria de ser outra coisa, algo que eu procuraria ininterruptamente. Algo indefinido que não tinha nome, não tinha lugar, estava como apenas uma evidência difícil que em alguns dias se impunha e em outros enfraquecia.

Nos vidros, a neve ia descendo. Lentamente. O Einar desesperava-se a tentar perceber se já poderíamos abrir as portas, abrir caminho, ter por onde ir. Mas durante duas semanas não foi possível sair. O tempo a descontar devagar, as horas todas trocadas e os olhos cansados de tricotarmos à pouca luz das velas, fazendo fogo no detrás do altar, onde o Steindór inventara uma lareira para que o frio não matasse o Einar. Tricotávamos a lã que sobrava e voltávamos aos livros, a ler tudo outra vez e só reparávamos nas palavras. Queríamos nada saber das histórias. Prestávamos atenção às palavras para sabermos como eram ditas as coisas. Porque alguns livros pareciam perfumar a linguagem, outros sujavam-na e outros ignoravam-na. Os livros podiam ser atentos ou desatentos ao modo como contavam. Nós, inspecionando muito rigorosamente, achávamos melhores aqueles que falavam como se inventassem modos de falar. Para percebermos melhor o que, afinal, era reconhecido mas nunca fora dito antes. Os melhores livros inauguravam expressões. Diziam-nas pela primeira vez como se as nascessem. Ideias que nasciam para caberem nos lugares obscuros da nossa existência. Andávamos como pessoas com luzes acesas dentro. As palavras como lâmpadas na boca. Iluminando tudo no interior da cabeça. Como o cristal natural do Einar, que o deixava mágico. As palavras deixavam-nos mágicos. Eram os livros que traziam feitiço e punham tudo a ser outra coisa. A boca elétrica, dizia alto. Eu e o Einar escutávamos estudando o mundo.

Desfazíamos as camisolas velhas para tricotarmos de novo, camisolas novas que nos servissem melhor e tivessem as montanhas invertidas mais bem desenhadas. Foi quando encarei o Einar, perplexa com a nossa família. Os dois, ali metidos sem grande comida nem socorro, éramos suficientemente uma família. De dois. O elefante e

a formiga. O strokkur e o geysir, de todo o modo, seme-
lhantes por dentro dos medos e dos sonhos, o lado mais
difícil de coincidir com alguém. Sorri. Havíamos dezem-
brado, estávamos quase a desinvernar, seria uma mulher
comum, sem remorso, apenas o destino em branco.

Subitamente, ao fim de uma manhã, sob o sol curto,
alguém fez pressa até à igreja antes que percebêssemos
que os percursos estavam abertos. Bateram na madeira.
Abriram. Eu e o Einar, surpresos, acorremos à grande
sala para saber quem de lá vinha. No contraluz ofuscante,
assim como um estorvo assustador, a minha tia sacudia-
-se. Era o primeiro dia de caminhos abertos, ainda mal as
pessoas das poucas casas estavam cientes disso, já a mulher urso ali se tinha para medir e verificar a igreja. Ia de
casamento. Casamento. Repetiu. Duas semanas trancada
em casa dos meus pais haviam sido meditação bastante
para que se rendesse aos amores e fosse menos orgulhosa
na poupança da felicidade.

Mexia-se toda como a deglutir a casa inteira. Passava
os olhos por cada milímetro de coisa. Exigia uma sole-
nidade respeitosa e uma beleza estonteante. Extasiada
com a decisão, a minha tia queria casamento para afastar dúvidas e tristezas futuras. O futuro teria a atenção
posta naquele compromisso e não se encorajaria para
fraude ou fraquejo. Seria uma garantia generosa à con-
tinuação do mesmo êxtase, a perentória reclamação da
alegria. Uma alegria tonta, cheia de fanicos e diferenças
de temperatura. Uma infantilidade. O Einar arrumava as
coisas do chão. Havia uns poucos livros pousados e estavam ainda as camisolas estendidas pelos bancos como se
fossem gente deitada a fazer-nos companhia. As montanhas invertidas por todo o lado desenhavam um mapa
dos fiordes de ponta a ponta. O Einar retirava tudo de
atrapalho ao passo da minha tia e ela seguia rápida e

felina, muito patroa e abelhuda. Estávamos submissos. Completamente submissos e eu sentia-lhe medo. Ela dizia que os meus pais eram uns imbecis. Farta de lhes pôr a casa em ordem, farta de os escutar chorando, não se compadecia senão com a virtude e a maravilha. Eu lembrava-me bem da palavra maravilha e do mal que me fizera. Ela queria a transcendência possível. Recusava-se a assentar os pés no sujo do chão, como os demais mortais. Era maior do que os outros. Sabia assuntos da alma, era interior como o vão dos mares, era repleta como o gordo das águas, tinha força como a vez dos vulcões. Podia tudo.

Os meus pais, por seu turno, haviam passado as duas semanas de clausura em prantos escondidos, mal velados na noite, insones, moribundos nas suas vidas e sem se fazerem companhia. Estavam díspares. Não coincidiam. Não se serviam de família, não se serviam de nada. A terrível noiva forçava o Einar a mover-se para cá e para lá e passava e mandava e as coisas amontoavam-se de uns lugares para os outros e a rapidez estava a deixar-nos confusos mas ela não parava. Queria flores. Algures, debaixo da neve que começava a derreter, era preciso encontrar os pés que se pusessem mais rapidamente a florescer. Coisas silvestres, dizia ela. Flores resistentes, que a beleza também vem das agruras, não quero delicadezas sem sentido. Quero flores agrestes. Levantando a neve, escorrido o gelo da charneca, estariam os pés queimados à espera de ver o sol. Os mais robustos estariam tão aflitos para florir quanto as pessoas às vezes para urinar. Deitariam flor desesperados, generosos, incontidos e felizes. Eram os pés que nos mandava descobrir e proteger. Em apenas um mês e meio, a igreja receberia o casamento. Em apenas um mês e meio, as plantas tinham prazo para se refazerem da depressão do inverno e se alegrarem com a tímida primavera. Parecia impossível.

Enchia a boca a dizer Steindór como se o tivesse dentro da boca, como se o tivesse devorado e ele se sentisse chamado a vir espreitar que coisa lhe queriam. Tinha-se cheia do Steindór, que estaria junto com o urso, que bramia sempre, sem parar. Dizia o nome do homem tão sagrado da nossa terra e de cada vez que o fazia tínhamos a impressão de que lhe infligia o mal. Como uma bruxa que escolhia o melhor dos homens para se vingar do bem. Não parecia real. A monstra a merecer os amores do melhor anjo. Deitava a mão ao peito, estava muito grata ao Steindór, falava dos olhos dele, da paciência, queria que as flores fossem um elogio às suas cores e aos seus perfumes, e depois continuava rodopiando pela sala a decidir uma e outra vez, e a decidir diferente porque lhe nasciam novas ideias, e já dizia que devíamos tomar notas, porque a perfeição era uma coisa complicada e as nossas cabeças, diferentemente burras, não se davam à confiança para tanta exigência e rigor. Assim fizemos. Anotámos. Flores silvestres. Vasos de cristal. O tapete vermelho escovado. As lâmpadas todas repostas. A Thurid a tocar. As pessoas sentadas antes de a noiva chegar. Deus feliz. Tudo muito bonito.

O Einar perguntou: e a sua irmã, não vai tocar. A mulher urso engradeceu e quase ferrou, mas algo a diminuiu. Esperou. Pensou melhor. Respondeu apenas que não. Não precisava mais de tocar. Estava apaziguada com a vida e abdicava de protagonismos.

E perguntou sobre as aberturas de água quente. As poucas que por ali haviam aberto, nos lugares baixos a chegar mais ao pé do mar. Dissemos que sabíamos nada. Apenas o que víamos. Estavam ali. Chamávamos-lhes gatos de cristal. Ela achava que se podia juntar umas pedras em volta, para evitar que algum animal ali focinhasse ou caísse. Não dava tamanho para engolir uma ovelha. Podia partir-lhe o tornozelo. Isso, sim. Ela não queria desgraças no tempo antes do casamento. Queria bons augúrios. Sortes cuidadas para que a vida depois fosse uma sorte maior ainda. O Einar prometeu que cuidaria pessoalmente de criar proteções para as águas quentes. Faria o seu melhor. A mulher olhou-o de cima a baixo. Tentava entender como poderia o Einar fazer algo de modo competente. Não disse nada. Quando saiu da igreja achámos que nos competia construir jaulas para gatos de cristal. Era uma espécie de loucura. Não havia modo de enjaular animais tão espirituais. Era igual a querermos controlar o nervoso da Islândia. Da Islândia inteira. Um nervoso que se nos impunha, tão vulneráveis e para tudo deixados à deriva.

Era como querer construir jaula para uma ideia. As ideias trespassavam todas as grades.

Fechámos os livros e calámo-nos para pensar e para a tristeza do respeito. As lâmpadas na boca apagadas.

O Einar disse ter a certeza de a minha tia haver estado presente na morte do seu pai. Ela podia ser culpada pela morte do seu pai. O Einar disse que achava ter de odiar o Steindór. Que um dia ia odiar muito o nosso homem sagrado, como talvez já o odiasse. Eu respondi que a Sigridur acreditava que o Einar nos abriria a barriga com uma faca grande e comeria com uma colher tudo quanto tivéssemos dentro. Ele perguntou-me se vivia com ele sentindo medo. Eu disse que não. Que ele era o fim do meu medo. O Einar sentiu-se e ficou subitamente muito bonito. As coisas que eu relembrava da Sigridur estavam cada vez mais erradas. Como se a morte fosse burra. Durante a morte, o que a minha irmã deixara dito emburrecia.

Depois, o Einar acordou durante a noite, muito nervoso e cheio de raiva.

Criou-se a história inútil de que a minha tia seria o diabo tentando o Steindór. Não era credível que por juízo de coração o bom homem se apaixonasse pela horrível mulher. E contava-se que, antes de fugir para Höfn, ela subira as montanhas com o pescador com quem deveria casar e voltara sozinha, cheia de estranhezas e calada. Certamente, teria morto o homem com sumária bruxaria ou empurrão. Que um empurrão nos fiordes dava de começo para longas e fatais quedas. O Einar dizia que já se lembrava, mas não se lembrava ainda. Não era capaz. Pensava que o pai subira com a minha tia ao alto dos fiordes.

As nossas pessoas atarantavam-se com a notícia do casamento. O Steindór pertencia a todos e, casando, era a todos roubado. Punha-se uma pequena zaragata nas conversas. Protestava-se por falta de cautela na conduta do homem. Protestava-se porque se acreditava que a viciosa mulher estaria como doença na saúde bonita do Steindór. As nossas pessoas andavam zangadas com o mundo. Por causa disso, foram resumidas as festas de fevereiro, e havia já sido encurtado o mês pela clausura. Agora, preocupavam-se muito, não sabiam o que fazer.

Na casa dos meus pais, continuamente absortos em nada, esquecidos, enfraquecidos, até as coisas perdiam a função. Abdicada da beleza, a casa resistia apenas, igual a servir de covil para um animal espaçoso. Parecia preparada para o tamanho avaro da minha tia. Apenas ela a ocupava. Os meus pais esmagavam-se a um canto. O monstro de ensinar o essencial sobre a tristeza arrastou o nariz entre nós. Passou branco e calado por entre as cadeiras e parou diante da mesa. A mesa não tinha nada. Estava morta. A mesa morta. Já não sou criança, pensei. O monstro de ensinar o essencial sobre a tristeza desvaneceu ou entrou para lá da parede. Não o vi. Já não sou criança, pensei com maior convicção. Não inventava mais monstros. Bastavam-me os que a realidade tinha.

Os tubarões da Gronelândia são veículos de seis metros e meio. Transportes de raiva pelas águas. Ainda que insolentes, muito lentos se comparados com os das águas quentes, os tubarões do ártico podem comer os ursos polares que se perdem nadando mar alto. Apanham os bichos que dormitam, os que se cansam. São traiçoeiros. O meu pai disse. Estava estranho. Havia salvo alguns livros à revelia das fogueiras para o esquecimento que a minha tia acendia. Lera sobre os tubarões, não falava da Sigridur, mas eu percebi que era um modo de conversar com ela, talvez também comigo. Senti uma felicidade muito triste naquele instante. Porque o meu pai disfarçava os erros que cometêramos. Procurava-me. Dizia tubarão e baleia como se me estivesse a acarinhar. Já não sabia dar abraços. Ele falava sem me olhar. Era o que sabia fazer. Eu agradeci muito aquele gesto, mudamente. Achei-o diferente e acreditei que o dia seguinte seria melhor, e depois melhor, e depois melhor e melhor ainda. Ele disse que os barcos, à noite, observavam a escuridão como se olhassem para dentro. Falava muito da escuridão. Os barcos como se pensassem e refletissem acerca dos seus anseios de objetos e de transportes. Como os tubarões. A escuridão na boca de deus. Talvez, escuridão abaixo, deus fosse feio. Muito feio. Assustador. As sujidades todas que ali caíam a misturarem-se com a beleza e a estragar tudo. Como um ralo. Uma passagem de porcarias a servir para passar o meu menino morto também. Era como antecipar o inevitável. Afirmava o meu pai. Que deus ficasse feio. Quando assim for estará igual à vista de todos quanto o que é garganta adentro. Tragando e mudando tudo, salvando quase ninguém. Sentenciando. A fealdade é a sentença e a condenação. Estamos a ela condenados. A sermos desfigurados em todos os sentidos. A boca de deus pode ser apenas um ascoroso ralo.

Pensei que a minha irmã estaria feia, há muito detendo os segredos da fealdade. Há muito sentenciada e condenada, entregue à escuridão, muito para lá da garganta de deus. Pensei que o meu filho estaria feio.

Depois, o meu pai disse: sofro muito por ti, e sofrer por ti ainda é a felicidade que me resta. Ele achava que, sem ao menos esse sentimento, não havia nada.

Quando fugires, toma cuidado. Está para lá das nossas pessoas um tempo de profunda maldade. Eu perguntei: o fim do mundo dos homens. Ele disse que sim. Uma maldade oficial, aquilo de se fazer o que se pode e que é tão diferente do que se deve. Quando fugires, minha querida Halla, terás de parecer menos uma pessoa, porque as pessoas estão a acabar. Foram embora para dentro da memória. Foram-se ressentidas. Agora são apenas uma recordação, como serão também uma possibilidade. Mas não imediatamente. Este tempo é outro. Serve para matar.

Abri o pequeno saco de pano. Trazia snudurs. Pousaram sobre a mesa como flores de pétalas em pó. Açúcar ou fantasma de pedra, adoçando, enfeitando. Os snudurs da Sigridur. Fora o Steindór quem me pedira para cozinhar. Ao pé do seu samovar, na importante casa que tinha. E dera-me ordens para fazer a mais. De sobra para mim e para o Einar, para os meus pais, para a faminta da minha tia. Assim obedeci. A mesa, de todo o modo, permaneceu ostensivamente morta sob a alegria daqueles doces. Pensei que acabavam os milagrinhos. Os milagrinhos, como inventara o meu pai quando éramos pequenas. Para agradecermos a todas as coisas, a todos os instantes, o pasmo bom de estarmos vivas. Agora, perante todo o susto, o pasmo era essencialmente pelo que nos havíamos tornado.

A minha mãe, que de enferma seguia para uma tristeza mortal sem regresso, juntou-se a nós, sempre calada, tomando a mão do marido igual a apertar uma algema. Havia na imagem desolada do casal uma resignação qualquer. Do corpo de um chegava ao outro a energia única. Percebi, surpresa, que eram unos, mesmos, súbita e finalmente comungando de tudo como quem chegara a uma decisão, a uma conclusão. Fiquei tão incomodada quanto comovida. Só um afeto maduro poderia resultar na cumplicidade que mostravam. Trancados igualmente por dentro. Num certo escuro, como se olhassem para dentro deles próprios, o que acontecia aos barcos à noite. Olhavam o interior um do outro e estavam numa noite qualquer, inconfessável. Uma noite feia.

O meu pai estendeu-me os livros. Pulos no saco de pano. Quatro livros. Pesavam tanto quanto me pareciam sagrados. Cheios de ideias sobre os tubarões, as baleias, as ovelhas e os carneiros, os peixes, os monstros mitológicos dos fiordes. Um deles contava que um peixe de mil metros se levantara de patas gordas e compridas para espreitar o topo das montanhas. E contava que as barbas ruivas desse peixe eram tão grandes e espessas que, ao arrastarem no chão da unha de praia que havia, vale acima para o escarpado da montanha, criaram sulcos fundos para onde caíram as poucas casas que então existiam. A ilustração no livro mostrava o colossal animal. Mil metros de peixe que, de todo o modo, se houvesse como capturá-los, serviriam para a fome de toda a Islândia durante um inverno inteiro. Não me assustou. Apenas me pareceu impossível. O meu pai apontava para as páginas mais do que me falava.

Os tubarões da Gronelândia são venenosos. A sua carne, se comida, deixa as pessoas como embriagadas. Para servirem de refeição, os tubarões têm de secar. Apodrecem, cozinhando no próprio veneno, na própria maldade, com cheiro a mijo e aspeto de sabão de chulé. O meu pai disse. Por outro lado, a nossa carne é benigna. Somos, não importa que maldade façamos, um corpo benigno. Espera-se de nós algo precioso. E a glória pode ser tão grande quanto a tragédia, mas a morte há de apaziguar tudo e o que nos consumir terá prazer. O meu pai disse. Leva os livros. É uma pena que fiquem por aqui fechados. Falham-me os olhos para ver letras pequenas e pouco do que ainda posso aprender me há de mudar o destino. Assim, e mais uma vez, o abracei brevemente. Segurei o saco de encontro ao peito. Regressei à igreja com aquele gesto fechado. Os livros no coração. Como o meu pai no coração. E a Sigridur mais a Islândia inteira e o modo aflito de ali estarmos todos.

Quando deus ficar feio vai derrubar-se do lugar longínquo onde se deita e tropeçar no nosso mundo tão violento quanto definitivo. Partiremos uns para cada bocado de fogo. Desaparecendo na combustão sumária da matéria. E só nos restaremos alma se deus acalmar o suficiente para nos querer rever. Talvez se distraia e nos faça reviver. Pouco lhe importará que seres tão insignificantes povoem os interstícios da luz, os bocadinhos vazios do ar, as sobras do tempo. Nem que regozijemos, deus poderá perfeitamente não se dar conta da nossa gratidão. Do quanto nos honra a vida, a mínima expressão no poema.

Os livros do meu pai tinham entre as páginas muitas folhas soltas com o que escrevia. Pensei que as folhas soltas eram o seu corpo. Estava dentro dos livros como dentro de caixas. Carreguei as caixas e o corpo chorando caminho arriba sem parar. Tanto o tinha nas minhas mãos quanto o sentia escapar-me. Abracei-me assim ao meu pai, toda pequena a querer engradecer-me para o poder proteger de tudo. Lembrei-me. Como o muro que queria ter construído para proteger o meu filho. Contra intempéries e abelhas, aluviões e bactérias, contra a minha mãe toda cicatrizada, contra a curiosidade metediça dos outros que eram todos gente a mais no amor entre pai e filha.

Queria proteger contra o esquecimento. A maior vulnerabilidade do humano, a contingência de não lembrar e de não ser lembrado.

O caminho ficava muitíssimo mais longo porque eu urgia na necessidade de chegar.

Do alto da criança plantada podia ver o carreiro pequeno por onde passariam os meus pais escoltando a mulher urso, noiva e cheia de panos brancos, igual a uma horrorosa queda de água espessa, coagulada. Podia ver o quieto do carreiro, ainda cintilando pelo molhado da chuva da noite, a descer, cortado pela curva da rocha, como se repentinamente tivesse abismo para o oceano. Os meus pais, subindo, fariam a curva tal fossem levantados heroicamente do abismo, aparições de verdade, voadores. E a noiva, mal cabendo de alegria e pressa, a pôr-se de virgem, ofegando por ali acima com direito a tudo. Dona do mundo que já não era humano, pensei.

Fora ao pé da Sigridur para me queixar. Não dizia nada. Não acreditava mais na necessidade de usar a voz. Via as ervas despontarem, começavam a soltar as ovelhas, iam por ali alguns carneiros, sempre furiosos com o serem incomodados no passo e na gula, e a Sigridur haveria de estar notando a minha ausência. A morte, ainda que possivelmente inteligente, não teria força contra sentir-se a falta de alguém. O Einar chegou a protestar. Com tantas recomendações da minha tia, tanto amor do Steindór, a igreja precisava de um trato profundo, muito atento. Mas estava tudo encaminhado. Não houvera outro assunto por um mês, e eu lavara e esfregara o chão. Verificara a dignidade das reproduções das pinturas do Kjarval, corrigira o estragado dos bancos para que não puxassem malhas a ninguém. Limpei o altar como se deus ali houvesse de pousar. Estava perfumado e brilhante. Tanto que observá-lo nos asseava os olhos.

De olhos asseados me fora à criança plantada, a transparecer talvez uma ansiedade pela frustração. Porque não me bastavam os poucos livros que o meu pai salvara, e não me bastava o Einar apequenado a cada dia, a cada dia mais querido e sob o meu juízo. Amava-o e entendia-o cada vez menos. Porque o amava e a lucidez amadurecia em mim enquanto ele permanecia no avulso das ideias. E vivia debaixo de lugares escuros, sem explicação, de onde não o conseguia recolher. Dizia-lhe que o amava para descobrir se o amor era bom para curas algumas. E o amor curava aqui e ali, mas nunca em definitivo. Falhava demasiado como falhávamos nós a cada instante. Na verdade, não me bastava nada acreditar que a sorte melhoraria porque não acreditava de maneira nenhuma que a sorte melhorasse. Estava à espreita do azar.

Quando passaram, vi bem visto. Teria adorado abater-me ladeira abaixo para lhes surpreender o percurso. Poderia ter nascido pedra e rolar naquele instante por pensar melhor do que andavam a pensar os homens. A brancura aparatosa da minha tia reclamava a luz. Era uma lâmpada de má luz, invejosa. Aturdindo. A minha tia estava vestida de urso feliz. Abria e fechava a boca como se lhe faltasse o ar. Como se todo o ar fosse pouco. Abria e fechava a boca, tão dentada quanto feroz. Um animal feroz momentaneamente a imitar a felicidade humana.

Viera um prior para a ocasião. Toda a gente levara tralhas na súplica de que se benzessem. A oportunidade de legitimar o sagrado de cada objeto ou lugar, sacralizar os panos e os animais, era como sacralizar a tristeza abnegada de ali vivermos. Éramos benzidos na paisagem. Uma gente sozinha por valentia e casmurrice, por estupefação. Agarrados a amuletos e tesouros familiares que apenas teriam memória para tão poucas almas.

Segui depois deles. Parecia um animal selvagem, assustadiço, curioso. Ia devagar, calculando os seus descansos e avanços. Queria estar na igreja a tempo de ajudar o Einar. Podia ser que as pessoas se sentissem sozinhas nas decisões mais práticas. As de escolher lugar ou pendurar um casaco. Podia ser que eu ajudasse alguém a subir os dois degraus à porta da entrada. Talvez se partisse um copo numa distração qualquer. Faltaria a água. A luz pelas janelas incandescia entre o meio-dia e a uma hora da tarde. A Halldora, filha de Gudmundur, estava obrigada a servir para alguma coisa, a servir para alguém.

O Steindór perguntou porque me tinha tão irrequieta. O ar de marrar nas paredes, despenteada. Põe-te a jeito, rapariga. Vou casar e sinto tanta felicidade que há de soçobrar para quem me rodeie. Levantou-me o queixo com a mão. Queria que se visse melhor o rosto. Eu não era uma rapariga bonita. Era normal. A pele muito clara e os olhos castanhos. A minha família tinha os olhos castanhos. O cabelo luminoso com mechas mais escuras, como se fossem palhas envelhecidas. O cabelo da minha mãe era exatamente igual. O Steindór chegou-mo para trás das orelhas num gesto só. Entendia-me bem. Esticou-se e voltou a esperar. Os homens que vão casar têm anjinhos na barriga, pensei. O Steindór estava barrigudo como se levasse uma entidade divina dentro do corpo. Tive pena dele. A minha mãe encostara-se à porta, o meu pai e a noiva estavam lá fora aguardando um sinal. Quando lhes fossem dizer, entrariam para se começar a festa.

Os anjinhos na barriga do Steindór estouravam como borbulhas que rebentassem. Morriam.

Havia flores mirradas e umas ervas que colhêramos dos vértices mais abrigados das montanhas, havia toalhas bordadas e uma pequena mesa onde deixáramos um jarro de água e os copos menos esbotenados. Por antecipação, muitas pessoas levantaram-se e beberam. A Thurid tocou órgão, murmurou cores, sorriu. Alguém pedia que interpretasse esta ou aquela ária. Ouviam-se canções alegres. Desafinava-se bastante. Esperava-se. Depois, empurrado pela senhora acesa, o senhor apagado levantou-se e foi recitar de cabeça um salmo. Conhecíamos o poema como se nos fosse o espírito escrito. Pensei que o meu pai teria gostado de o ouvir. Os olhos escureciam-nos perante a comparência daquele texto. Deixávamo-lo brilhar entre o recuo dos nossos corpos. A boca que dizia Hallgrímur era subitamente o oco inviolável. O ovo de som de onde deus inteiro falava. Deus ou a palavra nascendo primeiro, não sabíamos. Mas talvez Hallgrímur tivesse criado a transcendência à força do que escreveu. Qualquer deus, por ternura e decência, quereria existir a partir da sua perfeita beleza. Da beleza das palavras. E renascia espontaneamente diante de nós. O senhor apagado não precisava de luz própria. Ele continha a fonte superior. Era um guia. Seguíamo-lo como um farol chamando por nós. Havia quem murmurasse passagens, certamente suplicando o seu abrigo sob as palavras divinas do poeta. Pudessem as palavras do poeta ser casa e outro corpo, ser lugar e caminho, companhia e prova tão simples da existência divina. Pudessem aquelas palavras ser de levar sobre a cabeça, contra a chuva e contra o frio, e servissem para levar à boca e engolir, a matar todas as fomes, ou servissem de beber, a matar todas as sedes. Os poemas, dizia o meu pai, podem ser completos como muito do tempo e do espaço. Podem ser verdadeiramente lugares dentro dos quais passamos a viver. E havia quem cobiçasse a memória do senhor apagado. Contava-se que podia ter uma memória assim por ter sido eletrocutado tantas vezes que o cérebro se lhe mudou para máquina de registo. No silêncio que se fazia, o prior perscrutava a plateia como o próprio rosto de deus mirando-nos. Pensei assim. Que era severo. Escrutinava cada expressão, igual a querer saber o que haviam feito as pessoas das bendições de manhã cedo. As nossas pessoas ali metidas e caladas. O Steindór solicitara discrição nas preces, discrição nas confissões. As pessoas perguntavam se a menos morta estaria presente. E ele dizia que sim, se era a minha tia quem se casava. A menos morta estaria presente como uma criança qualquer. Calada igualmente, penteada. Ao subir à criança plantada terei ido também rebelar-me contra o esconderijo a que me atiravam. Por prudência, era certo. Importante se punha que as autoridades de outros lugares não fossem ali administrar o modo instintivo como fazíamos a vida. E eu também estava instintiva. Um animal acossado. Porque havia uma verdade no nosso canto dos fiordes que não era para ser entendida pelos outros. Era uma verdade específica. Feita de muito hábito e diferente relação com a solidão. O prior, que viera de fora na sua denunciadora desconfiança, não sabia de nada. Nem da minha pressa nem do meu vagar. E, no entanto, pousou o olhar gravemente sobre o meu. O oficial de deus, mandatado por direito para tornar uma água qualquer em água benzida dos céus, uma água que santificava o que molhava, transformando tudo em matéria convertida, submissa, suplicante de absolvição, olhava para mim, enquanto o salmo de Hallgrímur me entristecia. Trazia-me de volta a fúnebre beleza do meu filho partindo. Criava-me, aquela melancolia, uma dor no estômago. O senhor apagado, profundo e solene, o prior policial e desconfiado, e eu desajustada. No casamento da minha tia, como se casar tivesse que ver com a morte. Tudo na vida tem que ver com a morte, disse ao Einar. O salmo terminou e estavam todos sentados e sérios. Pensei que estavam tão sérios quanto culpados. Acreditar em deus era ser-se culpado. Disse ao Einar: acreditar em deus é ser-se culpado. Ele ficou aberrado. Repeliu-me. Não entendeu a minha revolta, não pôde deixar-se do meu lado. Havia ficado comovido com o salmo, não podia aceitar que eu me mostrasse tão ingrata. Disse-me: amo-te, mas sai de ao pé de mim.

Depois, o Steindór disse ao Einar: hoje, no dia mais feliz da minha vida, peço-te perdão, e desejo que subas a este sentimento. Beijou a testa do tolo e este lembrou-se.

O Einar lembrou-se igual a ter sido autorizado a isso.

Havia um entusiasmo esquisito no ar. Todos detestavam que o Steindór se casasse com aquela mulher. Adoravam vê-lo feliz mas estavam apreensivos. Tinham pena dele. Queriam-lhe bem mas urgiam na descoberta de provas de que não poderia ser feliz assim. O prior libertou o meu rosto culpado. O meu pai entrou e o urso feliz assomou ao seu lado. A Thurid perguntou se podia tocar uma coisa bonita. A minha tia disse que sim. Que tocasse um arco-íris inteiro. As nossas pessoas riram-se. A felicidade das coisas erradas era uma mistura de bem e de mal que deixava quem assistia num impasse, entre permitir-se seguir na diversão ou ficar preso no receio. O urso feliz regozijou à visão do Steindór que, agigantado num sentido tão diverso, sorriu de volta com o coração demasiado exposto.

O meu pai tomou-me a mão. Não disse nada. Levou-me a sentar com ele e com a minha mãe, muito na frente. Foi quando me vieram as lágrimas aos olhos, carregada da vontade de sentir melhor, carregada da vontade de ter outra esperança que não a da triste e contínua condenação. A minha mãe reclamou a mão do marido e voltou a bastar-se a ele e a fazer com que ele se bastasse a ela. Fecharam-se. Era como se tivessem ido embora. A Thurid a tocar e a minha mãe talvez morta de inveja, de frustração, de tristeza. O Einar encostou-se à parede ao meu lado direito. Trouxera o espelho sem que eu o percebesse. Pôs-se diante dele, multiplicado. O Einar e o Einar, dois rapazes bem comportados e apaixonados e chorando. Ofendidos e confusos, pensei. Chorava quase descontrolado, pensavam as nossas pessoas que por amor ao noivo.

Tanto quanto me arrependia de estar a crescer, arrependia-me de o passar adiante na perceção da vida. Porque o Einar se mudava para meu pequenino e eu era também pequenina e estava demasiado magoada com o mundo e o amor não podia ser um embuste que nos retirasse a grandeza dos sonhos, inclusive dos mais fáceis. Não que eu esperasse ainda um herói, isso era da Sigridur, eu julgava apenas que ser mulher não me traria tantas dúvidas e tanto medo. E ele, duplicado ao espelho, sofria por mim e fazia por mim o que eu, atabalhoadamente, o obrigara a fazer. O Einar aceitava ter um lado de lá da morte. Aceitava pensar que metade de si morrera. Era eu a culpada daquela particular tristeza. Mas não teria responsabilidades perante a sua profunda revolta.

Disse-me lembrar-se bem da minha tia, do que se passara muitos anos antes, e de como haviam subido à boca de deus. Lembrava-se muito bem. As pessoas calavam muito mais do que poderíamos esperar. Estavam acostumadas a calar e o Einar era um segredo de todos, até dele mesmo que, baralhado da cabeça, trocava a sua história com a dos outros, e trocava o medo com o que estava por vir quando o medo dizia respeito ao que já passara.

O Einar recuperara a memória. Chegou-se e disse-me: o Steindór e a tua tia obrigaram o meu pai a morrer à boca de deus. Não sei o que fazer. Leva-me daqui, por favor.

Subiram às montanhas a minha tia, o Steindór, o Einar e um homem sem nome. O homem sem nome levava-o pela mão. Agora via-o bem. Diziam que estava um dia bonito e enxotavam os mosquitos e o Steindór tivera a ideia de acender de fogo um tecido velho que colocava adiante dos olhos onde os mosquitos estalavam. Gostavam do ruído. O Einar era um miúdo, a minha tia dava-lhe uns empurrões brincando, como se lhe atirasse o corpo para os lados do caminho. Riam-se. O homem sem nome segurava no miúdo, que não caía e não se aborrecia. Não chamava a atenção. A mulher, ainda magra, de nariz fino e rosado, tinha um casaco de penas fiadas, a gola larga a fazer-lhe um pescoço de pássaro. Dizia que voaria não fora a roupa ser tão pesada embora o casaco fosse todo ele alusão a voar. O Steindór falava da memória do voo que as penas guardariam. Como se as penas fossem, cada uma por si, animais ainda vivos, parados mas com vontade de partir. Era como ter um casaco que sentisse vontade de ir-se embora. Não estava na sua pele, a minha tia. Acusara-se inusitadamente excitada. Ia diferente. Os homens entendiam mal a diferença. Achavam-na bonita, sedutora, e ela jogava como jogavam as mulheres com vários pretendentes. O homem sem nome tentava prosseguir a passo ligeiro, queria avançar, tinha onde chegar, queria chegar. O Einar achava que iriam à boca de deus e que auscultariam o seu som, a dimensão assustadora do escuro, o infinito. Achava que se deitariam na rocha e poriam a cabeça à espreita para sentirem vertigens e respeito, para se convencerem da magnitude de deus e do quanto importava a obediência. O Einar não era um rapaz especial entre os outros. Era igual. Lembrava-se de ser igual e sentiu a falta dessa realidade. Contou-me que a minha tia se ria nervosa, como se estivesse divertida com algo que lhe desse nervos. Instável. Com frases cortadas na boca.

Ia a dizer uma coisa e acabava dizendo outra. Gostava das cores e falava do vento. Era longe e queria ir mais longe. Dizia que queria fugir. E o Steindór correspondia. Estava mais calmo do que ela. Os passos grandes e seguros. Sentia-se feliz com menos rodeios. O Steindór olhava para o miúdo e fazia-lhe festas na cabeça e parecia dizer-lhe que cuidaria dele, que estaria bem consigo. Estaria sempre tudo bem. O Einar não se enganara. Quando chegaram à boca de deus deitaram-se na rocha e gritaram à fundura para ouvir o eco. Espantavam-se com as vezes em que não vinha devolvido. O Steindór dizia que só havia eco quando a voz encontrava uma das paredes laterais. Se a voz fosse estreita ao centro do escuro, o infinito levava o som sem resposta. Talvez respondesse também infinito tempo depois, quando esgotada a queda e alguma coisa batesse na palavra gritada. Era uma contradição. A minha tia gritava coisas de mulher. Palavras românticas e frases inteiras. Eram ideias inconsistentes de mulher. O Einar lembrava-se bem disso. Ela gritava desejos como se fosse apenas uma criança mimada. As mulheres são mimadas por si mesmas, como se fossem crianças dentro de si mesmas, o Einar disse. Eu sorri. O Steindór gritava coisas de homem. Urso, bom dia, obrigado. Dizia obrigado porque se sentia grato pelo que aconteceria. Percebia-se que estava ansioso para o que seria depois. O homem sem nome, por seu lado, não gritava. Escutava o Einar, que dizia: deus, nuvem, pássaro. Dizia: adeus. Como se fosse uma palavra da qual se despedia, porque procurava chegar ao centro do escuro e mirar ao infinito para que a sua voz chegasse ao ouvido de deus. Para que a sua voz fosse embora, verdadeiramente fugisse. Dizia adeus com a nostalgia complexa de estar a perder algo. E depois o homem sem nome largou-lhe a mão e o Steindór pediu-lhe que se afastasse muito dali. Que fosse pelo caminho até mais atrás, sem ficar a olhar, sem ver, porque iriam rezar assuntos de adultos. Iriam rezar de modo complicado e triste. A tristeza não era para rapazes novos. Vai por ali, rapaz. O homem sem nome disse-lhe: amo-te muito. E o Einar escutou e assim o fez. Respondeu: sim, pai, eu vou e fico à tua espera.

Afastou-se até ficar de cabeça pequena no ar, confundida à distância com os altos da rocha, o acidentado do cimo da montanha que podia disfarçar-se de muita gente olhando. O Einar olhou. Via a mulher e os dois homens como se fossem mais magrinhos, umas traves magras ofuscadas pela claridade. Espanava-se dos mosquitos e observou bem como uma das traves caiu. Era uma linha ténue no clarão que se descontava. Uma linha que, de todo o modo, pareceu deixar um grito, agora sim, que chegou pequeno ao lugar do Einar, mas robusto. Um grito de homem. O Einar escondeu a cabeça. Espreitou depois. Pela largura baixa, entendeu que uma das duas traves persistindo teria de ser a minha tia. Esvoaçava-lhe a saia, engrossava-lhe sempre o corpo o casaco de penas fiadas. Pela altura, uma estatura rara, o Einar percebeu que a outra trave teria de ser o Steindór. O homem sem nome, não lhe restavam dúvidas, saltara.

O Einar disse-me que se esquecera do nome daquele homem e que nunca mais pudera perguntar por ele. Disse-me que aquele homem era o seu pai. Chorou muito por se lembrar do seu pai a dizer-lhe que o amava. Eu pensei que nunca dissera isso ao meu pai ou à minha mãe. Pensara-o e sempre o julgara uma expressão desesperada. Não poderia mostrar tanto desespero a ninguém.

Voltou a esconder a cabeça e os mosquitos foram devorá-lo. Ele dizia assim. Que os mosquitos o devoraram porque já não sobrara o mesmo. Começou a sentir apenas o que seria o tombo da voz. Como se tombasse igual.

172

A ir embora. Explicou-me que, por medo ou por uma tristeza insuportável, de alguma maneira, ele também se fora embora. O corpo no chão não desdizia a partida. Imaginou que os mosquitos eram como as penas do casaco ensimesmado da minha tia, e que os mosquitos indo e vindo levavam o que havia dentro dele para sempre. Foi quando entardeceu, as nuvens se adensaram e pousaram inteiras no topo das montanhas. O Steindór agarrara o Einar e caminhavam sem ver. Iam pelo gasto no chão, a suspeitar o percurso mais do que a saber dele. E a minha tia voltava calada. Pararam por poucas vezes. O Steindór, aqui e ali estremecendo como se o frio lhe desse um esticão, pôs-se a dizer que as nuvens eram fantasmas todos juntos. Muitos fantasmas incapazes de partir. O Einar, sem saber, fixaria tal coisa e teria medo das nuvens a vida inteira. Eu respondi-lhe: não te assustes. São só palavras. São como as palavras de um poema, apenas um poema, não te deve assustar. E ele lembrava-se muito bem de julgar que as nuvens colhiam as almas e ficavam a servir-lhes de teia por muito tempo. Eram teias de aranhas terríveis onde estrebuchavam as almas mais enganadas. E eu perguntei: e porque saltaria o teu pai. O Einar respondeu: não sei.

O que queres fazer.

Matar muito o Steindór.

Cortá-lo.

Atirá-lo ao centro bem mirado da boca de deus para que caia sem regresso, sem eco.

Para que não responda do lado da morte.

Quero desfazer-lhe o corpo e, de tão desfeito, triturar-lhe a alma.

Depois, quero esquecer.

Tens razão, Halla.

Estará morto depois do esquecimento.

E eu arrancarei o coração com as mãos se ele falhar e lembrar.

Arrancarei o coração e, depois de seco, servirá de trapo para limpar apenas coisas estúpidas. Coisas vulgares. Não servirá para mais nada.

Mais tarde, também eu arrancarei o coração do peito para o secar como um trapo e usar limpando apenas as coisas mais estúpidas.

Quando empedernir, esquecido de toda a humidade da vida, ficará entre as loiças, como inútil souvenir ou peça de mesa para uma festa que nunca acontecerá.

Terei sempre pena dele. Estará como um animal antigo que perdeu a qualidade dos novos dias. Sem visitas. Será apenas a humilhação entristecedora de todos os afetos.

Poderei, nas arrumações, preparando alguma partida, aligeirando os fardos, deixá-lo no lixo para que a natureza o recicle com as suas ganas aturadas de recomeçar tudo. Até lá, a minha coragem assume apenas a evidência de que somos matéria morrendo. Começarei morrendo pelo coração.

Gostarei sempre dele, como se gosta do que está extinto, sejam os dragões, os anjos ou as distâncias. Histórias de coisas que não voltam.

O meu coração sem visitas perderá a memória e, quando nos separarmos de vez, certamente será mais feliz.

Se me perguntarem, direi que nasci sem ele. Jurarei e mentirei sempre.

Talvez, depois de esquecido, sirva de ocarina e possa com ele tocar canções. Um coração por ocarina faria todo o sentido do mundo.

Pudesse esse ser o destino de cada um, amadurecer assim o coração. De percussão a instrumento de sopro. Ensaiar uma melodia até ao fim. Ter uma melodia por identidade e deixá-la a alguém que a aprendesse. Quando não existíssemos, estaríamos suficientemente no som. Bastaria o som para impedir que a morte fosse tão exagerada. Talvez quem aprendesse a canção pudesse também guardar-nos as paixões. Pousá-las ao pé de si. Dizer: esta ocarina é bonita. A morte seria só bonita. Uma coisa de ouvir, contra o silêncio insuportável.

Para que esquecesse, o Steindór iludiu o Einar com carinhos. Levou-o a casa, enganou-o com doces e cobertores, deu-lhe livros, medicou-o para melancolias e arrelios, quase o ensinou a tocar, prometeu-lhe um piano quando fosse grande, e prometeu-lhe que cresceria até entender tudo. Entenderia muito bem e ficaria contente com cada decisão que o precedera, como se no mundo houvesse um sentido, fizesse sentido, soubesse como escolher tudo pelo melhor. Havia uma ordem a cumprir à qual ambos deviam estar gratos. O Steindór dizia que eram pó das estrelas e que cintilavam cada vez menos, até um dia poderem regressar ao conhecimento e alar pelos céus, absolutos e em comunhão. Ingressariam no escuro. Tens de perceber que a escuridão é o lugar de deus. Aquilo que não vemos. O propósito de deus. O propósito de cada átomo, de cada composição da matéria. A comunhão com o conhecimento. O Einar rezava. Comendo doces, sob os cobertores, os olhos gastos nos livros, os chás para as dores, o sonho da música. Quieto. Depois, alguém suspeitou que o desaparecimento do homem sem nome não se contara direito. Estava de casamento marcado com a minha tia e ela andava tão aliviada. Depois, a mulher partiu para Höfn e o Steindór atirou com o Einar para o quarto da igreja, a refilar com o antigo prior para que cuidasse dele, porque ofegava ocupado com as suas responsabilidades, tinha de tratar dos poucos animais e orientar a parte que lhe competia no melhor barco da nossa população. O peixe, dizia, não se podia faltar com o peixe. Como se os peixes ficassem tristes sem pescadores. Não tinha espaço para os filhos dos outros. As nossas pessoas concordavam com a urgência da largada dos barcos. Tinham de largar. Durante um tempo, o Steindór nem perguntou pelo rapaz. E o rapaz, que no topo da montanha se fora embora medo adentro, tristeza adentro, esqueceu-se de distinguir entre pesadelos e realidade, até se esquecer de uns e outros, até que uns e outros resultaram em algo de novo. O Einar já não assemelhava aos rapazes normais. Andava aos tiros às nuvens e, embora sensível e vulnerável, queria ser um guerreiro a lutar contra os monstros marinhos, os temporais, as noites longas e os silêncios sinistros. Fustigava uma vara no ar para afastar ameaças visíveis e invisíveis. Tinha-se sempre em guarda. Era incansável e obstinado. O Einar dizia que cuidaria de toda a gente das nossas casas. Era forte e ia ser muito mais forte ainda. Quando o Steindór o voltou a visitar, o rapaz vivia entusiasmado e tinha ideias muito claras acerca do que fazer com o tempo. O prior educara-o para o recato possível e ele aceitara a surpresa da sobrevivência. Aceitara considerar cada dia a probabilidade de algo bom. Até que algo de bom acontecia e, por pouco que fosse, se revelava bastante para quem nem estava ali por completo, fora já embora sem regresso.

O Steindór contou.

O Einar perguntou pelo nome do seu pai. Ele respondeu: Oskar. Era um homem com nome. Einar, filho de Oskar. Um pescador do mesmo barco.

Eu pedi-lhe que soltasse o pescoço do Steindór e que parasse de dizer que o mataria. Pedi-lhe que não o matasse. Achei que poderia perdoar. Seria bom que o pudesse perdoar depois.

O Steindór acreditava que a vida se compunha. Casara finalmente com a minha tia e o passado apaziguava-se com o presente, igual a poderem deitar fora o que houvera entretanto. Entre o antes e o agora sobrava nada. Como se a biografia de alguém houvesse de ser apenas a data do nascimento e o exato segundo que se encontrava a viver. Einar, nascido num dado dia e a respirar agora. Era suficiente para a alegria e para valer a pena.

O Steindór insistia. Respirar era o bastante para valer a pena. E o Einar estava confuso. Dizia-me que não era tolo, ficara assim apenas porque não pudera guardar a inteligência que o atormentava. E abraçava-me chorando, eu pequena dentro dos seus braços a pedir-lhe que tivesse calma e se apaziguasse pela sorte de estarmos ali, como dizia o Steindór. Respirávamos.

Soltou o pescoço do homem, que respirou fundamente e caiu.

Quando chegou a noite, a igreja vazia e o cheiro intenso do sujo, tudo muito desarrumado, o chão manchado, as ridículas flores murchando, guardámos o espelho no quarto e deitámo-nos como se precisássemos de estudar a brancura do teto. Os dois detidos naquele vazio. Revoltados. Tão acompanhados quanto sozinhos. O Einar inventava histórias para a vida do pai. Como faria cada coisa e o que diria, o que pensaria de cada problema e que força teria para o resolver. Como caíra o seu corpo boca de deus abaixo. Tinha a certeza de que estaria ainda caindo sem golpe nem abrandamento. Porque falavam de como mirar a voz ao lugar vazio do eco. Sabiam que era necessário mirar ao centro da escuridão, no centro da largura tremenda da boca aberta, onde o percurso se faria escorreito, sem mais, infinito. Talvez pudesse ainda viver, caindo e vivo, se estendesse o braço e se alimentasse do que caía em redor. Tantas coisas caíam. E o movimento já não seria senão um modo de quietude, como se ao invés de ele se mover o vento passasse. O Einar dizia. Talvez o Oskar caísse já sem a perceção da queda, anulada por muitos anos de repetição. Sentiria o corpo esfregado por uma ventania contínua e mais nada. Imaginei o Oskar e, anos acima dele, as flores da minha mãe e, uns meses acima delas, o nosso pequeno Hilmar. Nunca se encontrariam, vários nos pesos, vários no tempo. O tempo viria também do peso. O infinito do Oskar, por ser um homem completo, talvez fosse mais breve. Um infinito breve. Eu disse: devias dormir, Einar, essas coisas que dizes não te ajudam. Complicam tudo mais ainda. São mentiras em que não vais poder acreditar.

Pousou a caçadeira.

O som da caçadeira a bater de leve no chão desligou tudo em redor. A noite calou-se. Parecia esperar, queria ver, suspendia-se. Abateu-se um silêncio profundo. Assim ficamos por uns instantes. Claramente pensando demasiado. O mundo sentindo que tudo mudaria depois. A noite percebeu.

O Einar pediu: amanhã, ainda cedo, sobes ao cabeço. Perguntei porquê. Porque sim. Vou lá encontrar-me contigo e fugimos daqui. Vais. Claro que fujo. Sobes ao cabeço e esperas por mim. Se houver baleias, conta-as. Eu disse que nunca eram muitas. Ele sorriu. Achei que o Einar estaria mais sossegado. Pus-lhe a mão no peito. Sacudi. Lembras-te. Dizias que me sacudias a terra ao coração. Tenho de fazer o mesmo contigo. Estás um bocado morto. Ele anuiu. E eu sorri. Comentei que a minha tia era um urso e que estava mais feia ainda e ele adorava que eu fosse maldosa. A senhora acesa, tísica, enciumou-se quando percebeu que todos lhe adoraram o sagrado marido. A Thurid exagerara nas cores. Tocara demasiado, e tocava peças que conhecia mal e voltava, sem dar-se conta e por puro deslumbre, à intérprete tosca que sempre fora.

Amanhã, repetiu, esperas por mim. Vou lá ao teu encontro e vou conferir se as baleias que contaste são as mesmas que conto eu. Mas que vais tu fazer, Einar. Não te quero preso, não te quero culpado. Quero-te sem medo, não vás buscar medo a lado nenhum. E ele insistiu: esperas por mim. Eu prometi que sim.

Subiria ao cabeço e ali me sentaria até que ele me buscasse. Depois, perguntei outra vez: que vais fazer. Ele respondeu: nada. Vou ao teu encontro para fugirmos. Eu pedi: deixas-me ir primeiro ver a casa do meu pai. Só para ver a casa do meu pai. Deixas-me levar os livros dele com as folhas que me deu. Não podemos fugir a correr. Os livros são pesados. Levanto-me, vou à casa do meu pai e depois subo ao cabeço. Precisas de me dar meia hora antes de saíres daqui. O Einar acedeu. Então, levo só um livro e os poemas todos. Quero levar os poemas todos do meu pai.

Sorrimos.

Íamos fugir.

Tranquei as portas, encravei as janelas, escorri o óleo pelo chão. Era muito cedo ainda, no meio do escuro, o vento agressivo sem chuva. Tomei um dos poemas do meu pai. Uma só folha, um poema único, sem cópia, irrepetível. Com ele acendi o fogo à casa bonita do Steindór e ainda vi como as paredes convidaram o lume, tão gulosas. Achei que o meu pai ia inconfessavelmente gostar que um poema seu servisse de acendalha para aquela combustão. Tinha direito a reclamar a sua participação na maldade tão oficial do mundo.

Comecei a afastar-me, subindo o caminho, percebendo sempre como as chamas aumentavam igual a aumentarem o tamanho da casa, a roubarem o tamanho à noite, como se reclamassem a chegada do dia. E as chamas eram de cores distintas. Reparei nisso. Podia ser que as linhas de lã tingissem o fogo e ele se divertisse a criar ramos de flores. O vento, arrancando-lhes as corolas, espalhando um bocado pelo ar e o fogo logo morria. A vida efémera do que arde esgota a beleza num instante, merece apenas morrer depois disso. Pensei.

Havia feito um cálculo de cada acontecimento. O lume andaria pelo chão até à mesa, subiria a mesa e já estaria pelas paredes. A minha tia acordaria passado um pouco, desconfiada, sem ter a certeza de que a primeira noite de casada significava ter alucinações, sem entender porque o sol descia tão próximo. Gritaria. O Steindór acordaria já tossindo, faltando-lhe o ar, confuso. Um pouco gordo, muito alto e pesado, ele quase nada se afastaria da cama, imprestável. O samovar, tão empertigado, calado. A ver. Achando lamentável que ninguém fizesse nada. Um objeto com opinião. Os novelos de lã a esfumarem-se rápidos, apenas um artifício do fogo, uma brincadeira. A minha tia buscando as portas, forçando-as e as energias falhando. Eu confirmara a maneira como trancara tudo. Para quem estaria de pulmões aflitos, uma salvação para tão grande encerramento seria improvável. Talvez se abraçassem, ternos e a pedir perdão. Talvez pudessem sentir a roupa a cair no fogo, ainda arrependidos, como se ainda voltassem à rua, para o frio exterior. Seria lindo que, ao menos, mostrassem o amor que diziam sentir um pelo outro. Que quisessem morrer juntos, a suplicar que a morte os tivesse juntos para a eternidade também. O Oskar ia estar à espera. Eu sabia bem que a morte também tinha cutelos, e que os mortos se matavam uma e outra vez, talvez para acederem a um contínuo de dimensões infinitas. Talvez até que cada um estivesse isolado, sozinho, sem ter quem matar e por quem morrer, para sempre. Eu pensei: Sigridur, corta-os com facas, mana. Corta-os desse lado, por mim. Eu sabia que ela me ouviria. Eu era gémea da morte.

Deixei cair a pequena moeda com que costumava dormir. Sujei com ela o chão.

Fugi. As montanhas interditadas pelo inverno, extensas, lentas. Levantada eu sobre a brancura como animal selvagem, avulso, vagando como sem propósito. Lembrava-me de uma história de ladrões em que um perdera o juízo por prestar atenção às árvores. As árvores, dizia, eram gente grande a pedir-lhe ajuda. O gelo também fazia os seus espectros. Agigantavam-se figuras que se insinuavam, mais perto ou mais longe, instáveis. Acalmei. Olhei o mundo como palavras. Podia estar apenas passando pelas mais brancas, as mais vazias e longas. Haveriam de acabar. Eu disse: árvore. Embora não estivesse ali nenhuma. Eu disse árvore e foi como se descobrisse o seu segredo. Os fantasmas recuaram e o caminho era só vento e o frio do costume. Não temia as raposas. Sentia-me igual a elas.

Não soube nada acerca do que foram contar ao Einar nem de como o consolaram. Estaria ele agarrado à caçadeira, ganhando coragem, medindo o plano quando, subitamente, não havia o que decidir. Percebi absolutamente que o amava. E levava dúvida nenhuma de ser amada. Teria a vida inteira para lidar com esse sentimento. Sabia que me perdoaria. Pensei. Quem não sabe perdoar só sabe coisas pequenas.

Nota do autor

Quando nasci já o meu irmão Casimiro havia falecido. Durante a infância imaginava-o à minha imagem, um menino crescendo como eu, capaz de conversar comigo partilhando os mesmos interesses. Sabia, embora, que estava deitado sob a terra, e pensava que a palavra coração era da família da palavra caroço, uma semente. Achava que os meninos mortos faziam nascer pessegueiros porque os pêssegos tinham pele. O primeiro pêssego que comi foi em idade adulta.

O maravilhoso Hilmar Örn Hilmarsson combateu sempre as minhas tristezas redimindo tudo a partir da beleza. Fiquei a sonhar com a espiritualidade da Islândia por sua culpa. Depois, também por causa dos Theyr, dos Purrkur Pillnikk, dos Sugarcubes, da deusa Bjork, do Einar Örn Benediktsson, do Megas, do Jóhann Jóhannsson, do Steindór Andersen e dos Sigur Rós, e porque li Halldór Laxness, Thor Vilhjálmsson e Sjón, ou observei o trabalho de Sölvi Helgason, Jóhannes Sveinsson Kjarval, Hjálmar R. Bárdarson, Erró, Ísleifur Konrádsson, Samuel Jonsson, Jón Gunnar Árnason, Magnús Tómasson, Fridrik Thor Fridriksson, Olafur Eliasson, Helgi Thórsson, Helgi Thorgils Fridjónsson, Louisa Matthíasdóttir, Katrin Sigurdardóttir, Hrafnhildur Arnardóttir, Thórdís Adalsteinsdóttir ou Ragnar Kjartansson.

Obrigado ao Kjartan Sveinsson pela hora de conversa no café do Museu Nacional de Arte, na Tryggvagata, em agosto de 2011 (e muito pela estarrecedora música composta para o projeto *S.S. Hangover*, do Ragnar Kjartansson, em Veneza, que me fez cair a alma à água). Obrigado ao Jón Thor Birgisson por me ter convidado a dançar nos camarins do Coliseu do Porto. Obrigado à Júlia G. Hjaltadóttir e ao Manuel Pereira pela amizade e pela generosidade. Obrigado ao Mário Azevedo e à Olga Almeida pelos segredos. Obrigado ao Nélio Paulo. Obrigado à Cristina Valadas pela beleza. Obrigado ao Miguel Gonçalves Mendes e à Daniela Siragusa.

Muito obrigado à rapariga do café de Sudureyri por não ter tido medo e ser transparente como a água.

Obrigado à Porto Editora, especialmente às pessoas de Vasco Teixeira, Cláudia Gomes, Mónica Magalhães e Rui Couceiro.

Sei que este livro é uma declaração de amor esquisita, mas é a mais sincera declaração de amor aos fiordes do oeste islandês.

VALTER HUGO MÃE é um dos mais destacados autores portugueses da atualidade. Sua obra está traduzida em muitas línguas, tendo um prestigiado acolhimento em países como Alemanha, Espanha, França e Croácia. Pela Biblioteca Azul, publicou os romances *o nosso reino, o apocalipse dos trabalhadores, a máquina de fazer espanhóis* (Grande Prêmio Portugal Telecom de Melhor Livro do Ano e Prêmio Portugal Telecom de Melhor Romance do Ano), *o remorso de baltazar serapião* (Prêmio Literário José Saramago), *O filho de mil homens, A desumanização* e *Homens imprudentemente poéticos*. Escreveu livros para todas as idades, entre os quais: *O paraíso são outros, As mais belas coisas do mundo* e *Contos de cães e maus lobos,* também publicados pela Biblioteca Azul. Sua poesia foi reunida no volume *Publicação da mortalidade*. Outras informações sobre o autor podem ser encontradas em sua página oficial no Facebook.

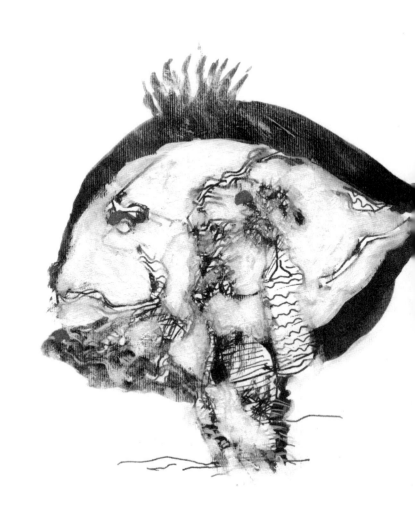

Este livro, composto na fonte Silva,
foi impresso em papel Lux Cream 60g/m², na Leograf.
São Paulo, Brasil, junho de 2024.